文成天縱

續宋本叢書

宋刻

友林乙稿（外二種）

下

〔宋〕史彌寧 撰

廣西師范大學出版社
GUANGXI NORMAL UNIVERSITY PRESS
·桂林·

三本對照圖

（每組右起依次爲影宋刻本、宋刻本、影宋抄本）

歲在乾道之癸巳
歲在乾道之癸巳
歲在乾道之癸巳
太師文惠魏王先生帥閫以庠序
太師文惠魏王先生帥閫以庠序
太師文惠魏王先生帥閫以庠序
諸生蒙睨睞寵甚侍立函丈飽聆博
諸生蒙睨睞寵甚侍立函丈飽聆博
諸生蒙睨睞寵甚侍立函丈飽聆博

約詩埒黃陳詞轢晁晏作文單字膽
約詩埒黃陳詞轢晁晏作文單字膽
約詩埒黃陳詞轢晁晏作文單字膽
炙士林域時年二十有一於甲午僭
炙士林域時年二十有一於甲午僭
炙士林域時年二十有一於甲午僭
賡燈夕所和寶鼎現詞以獻最沐稱
賡燈夕所和寶鼎現詞以獻最沐稱
賡燈夕所和寶鼎現詞以獻最沐稱

賞先生今在天爲修文郎久矣泫
賞先生今在天爲修文郎久矣泫
賞先生今在天為修文郎久矣泫
泫人間無復聲容不自意後四十年
泫人間無復聲容不自意後四十年
泫人間無復聲容不自意後四十年
墮影湘南乃得親炙
墮影湘南乃得親炙
墮影湘南乃得親炙

春坊領閤公之幕下摛文琢句追古
春坊領閤公之幕下摛文琢句追古
春坊領閤公之幕下摛文琢句追古
作者惟其有之是以似之郁然伯父
作者惟其有之是以似之郁然伯父
作者惟其有之是以似之郁然伯父
風烈典刑固存凡兩霜侍席掇拾
風烈典刑固存凡兩霜侍席掇拾
風烈典刑固存凡兩霜侍席掇拾

友林詩藁得百七十首明作莫傳士

友林詩藁得百七十首明作莫傳士

友林詩藁得百七十首明作莫傳士

爭借録腕爲之脫藁竊命工鋟之

爭借録腕爲之脫藁竊命工鋟之

爭借録腕爲之脫藁竊命工鋟之

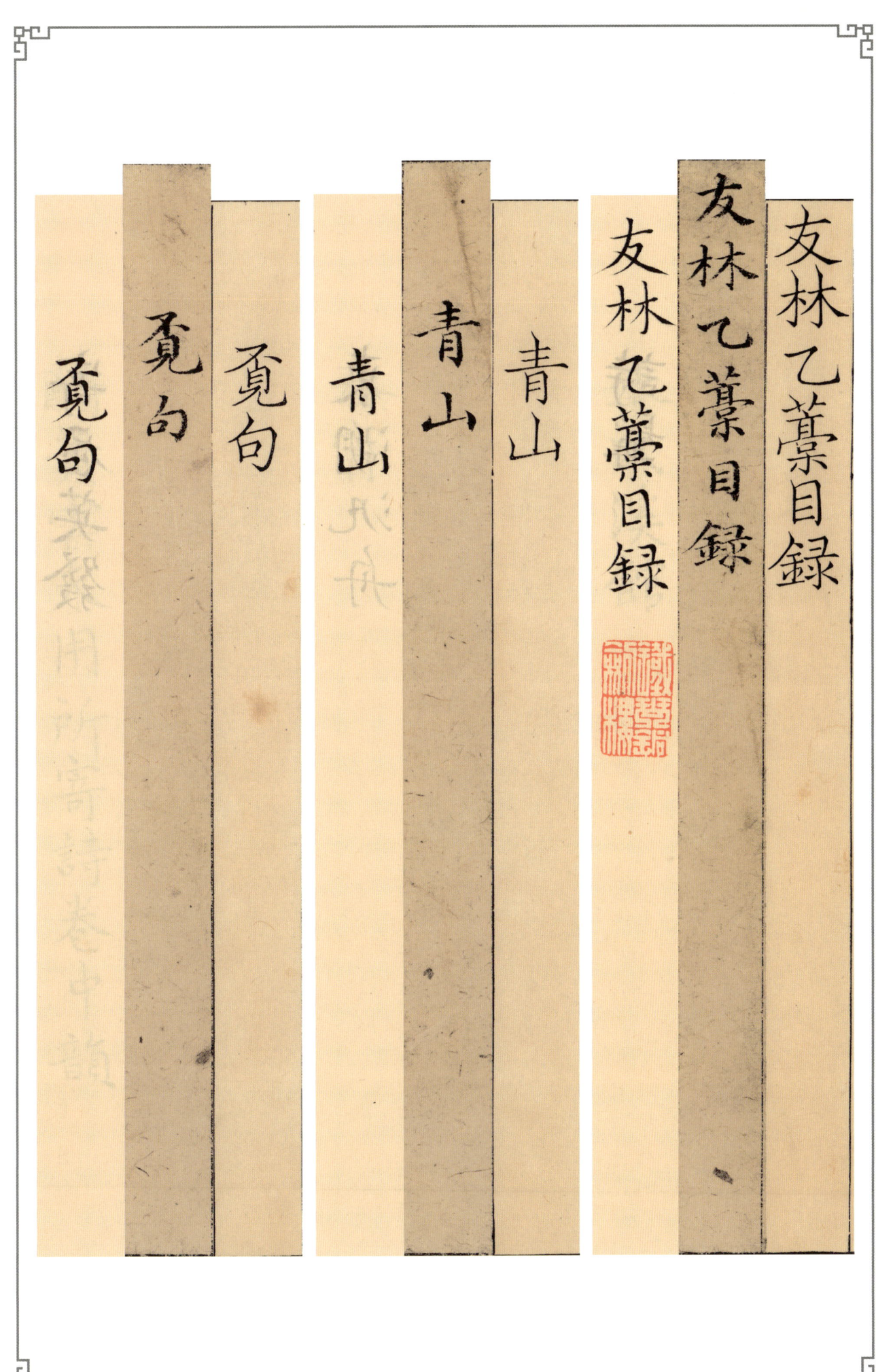

友林乙藁目録

友林乙藁目録

友林乙藁目録

青山

青山

青山

覔句

覔句

覔句

客舍尾池

客舍瓦池

客舍尾池

讀杜詩

讀杜詩

讀杜詩

東還

東還

東還

啼鵑

啼鵑

啼鵑

曉望雲氣平凝前山遮盡僅餘翠峯

曉望雲氣平凝前山遮盡僅餘翠峰

曉望雲氣平凝前山遮盡僅餘翠峯

數點因賦

數點因賦

數點因賦

送伍啓之赴嚴陵比較務

送伍啓之赴嚴陵比較務

送伍啓之赴嚴陵比較務

南湖靜寄

南湖靜寄

南湖靜寄

夏日小酌

夏日小酌

夏日小酌

火雲

火雲

火雲

寄屈英發

寄屈英發

寄屈英發

東湖汎舟

東湖汎舟

東湖汎舟

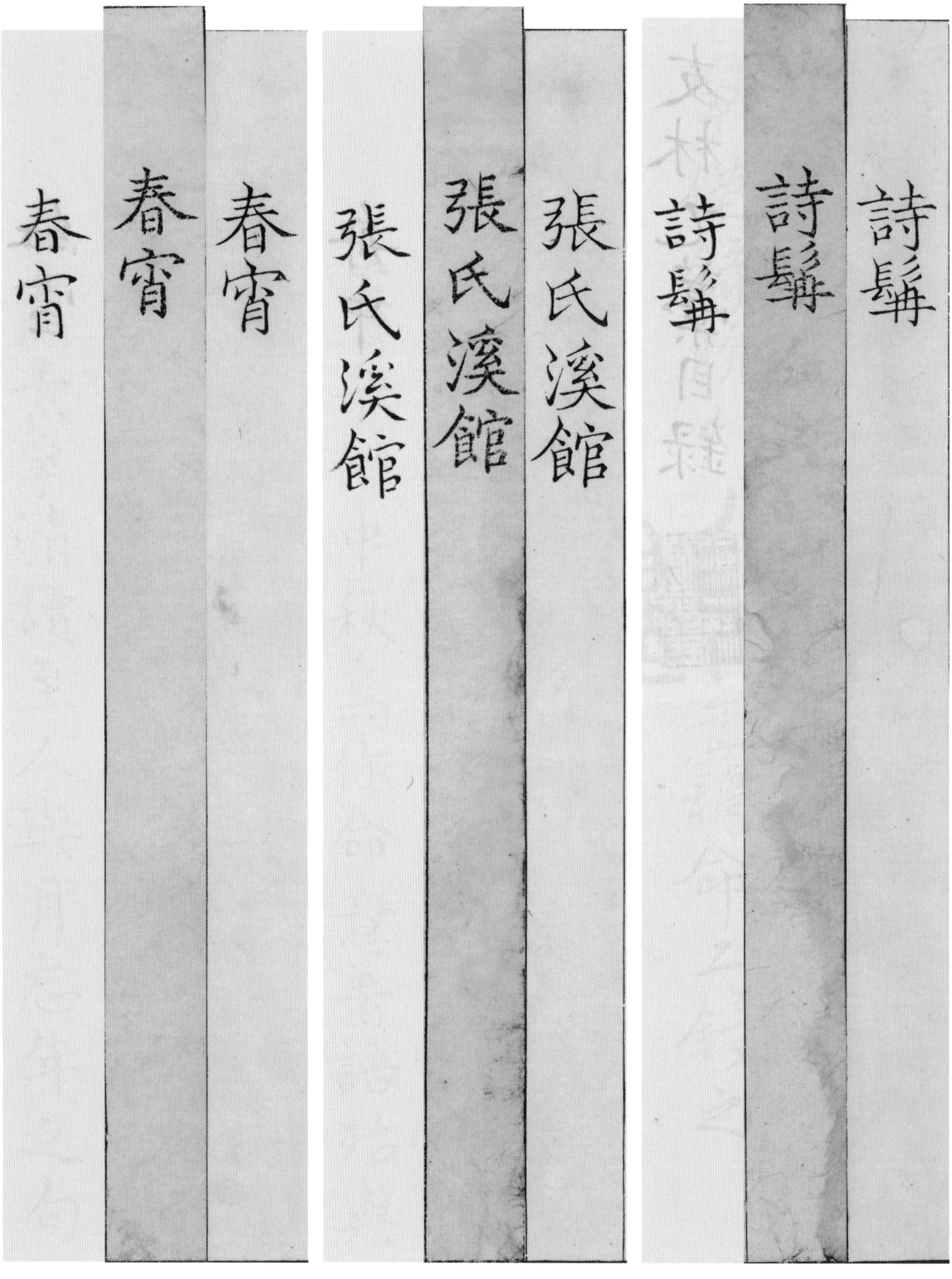
詩髯
詩髯
詩髯
張氏溪館
張氏溪館
張氏溪館
春宵
春宵
春宵

醻黃雲夫用所寄詩卷中韻

醻黃雲夫用所寄詩卷中韻

醻黃雲夫用所寄詩卷中韻

寄雲夫

寄雲夫

寄雲夫

維則菴追涼題月湖屛閒詩後

維則菴追涼題月湖屛閒詩後

維則菴追涼題月湖屛閒詩後

送鄔文伯
送鄔文伯
送鄔文伯
江亭晚思二首
江亭晚思二首
江亭晚思二首
鄭中卿惠蝤蛑
鄭中卿惠蝤蛑
鄭中卿惠蝤蛑

埜塘秋鷺

埜塘秋鷺

埜塘秋鷺

紫笑

紫笑

紫笑

過臨江

過臨江

過臨江

歸航
歸航
歸航
即事
即事
即事
聞笛
聞笛
聞笛

紅雪

紅雪

紅雪

舟中

舟中

舟中

翟簿示似中秋高作命意著語殆與

翟簿示似中秋高作命意著語殆與

翟簿示似中秋高作命意著語殆與

商素爭清讀至人與月忘年之句

商素爭清讀至人與月忘年之句

商素爭清讀至人與月忘年之句

不覺擊節借五言爲韻賦詩荅謝

不覺擊節借五言爲韻賦詩荅謝

不覺擊節借五言爲韻賦詩荅謝

按圖志去城而南有巖曰金紫昔蕭

按圖志去城而南有巖曰金紫昔蕭

按圖志去城而南有巖曰金紫昔蕭

千巖擅一世詩轂乾道閒甞寓家
千巖擅一世詩轂乾道閒甞寓家
千巖擅一世詩轂乾道閒甞寓家
郡之西湖意其必有題詠鑱之崖
郡之西湖意其必有題詠鑱之崖
郡之西湖意其必有題詠鑱之崖
壁一日訪之則了無所睹方重爲
壁一日訪之則了無所睹方重爲
壁一日訪之則了無所睹方重爲

此巖太息而別乘示似佳篇勉之
此巖太息而別乘示似佳篇勉之
此巖太息而別乘示似佳篇勉之
著語以紀其勝賦五十六字
著語以紀其勝賦五十六字
著語以紀其勝賦五十六字
題清湘管善甫青雲樓
題清湘管善甫青雲樓
題清湘管善甫青雲樓

晴江觀鴨

晴江觀鴨

晴江觀鴨

啜茗

啜茗

啜茗

秋蘭三絶

秋蘭三絶

秋蘭三絶

簷滴
簷滴
簷滴
陸放翁畫像
陸放翁畫像
陸放翁畫像
評詩
評詩
評詩

懷白石

懷白石

懷白石

雙清樓賦水雲分韻得齋字

雙清樓賦水雲分韻得齋字

雙清樓賦水雲分韻得齋字

題劉君鼎臣盤谷圖

題劉君鼎臣盤谷圖

題劉君鼎臣盤谷圖

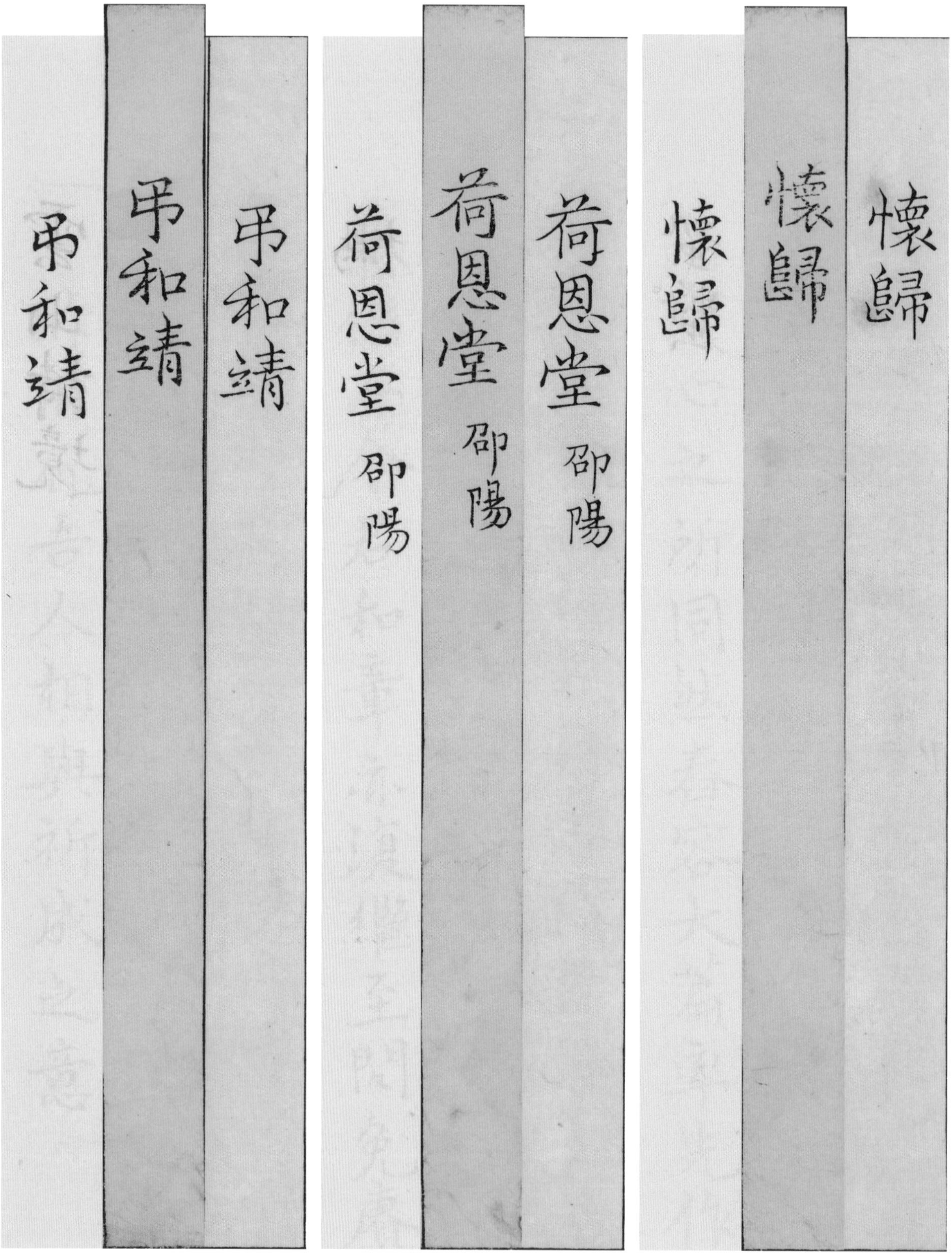
懷歸
懷歸
懷歸
荷恩堂 邵陽
荷恩堂 邵陽
荷恩堂 邵陽
弔和靖
弔和靖
弔和靖

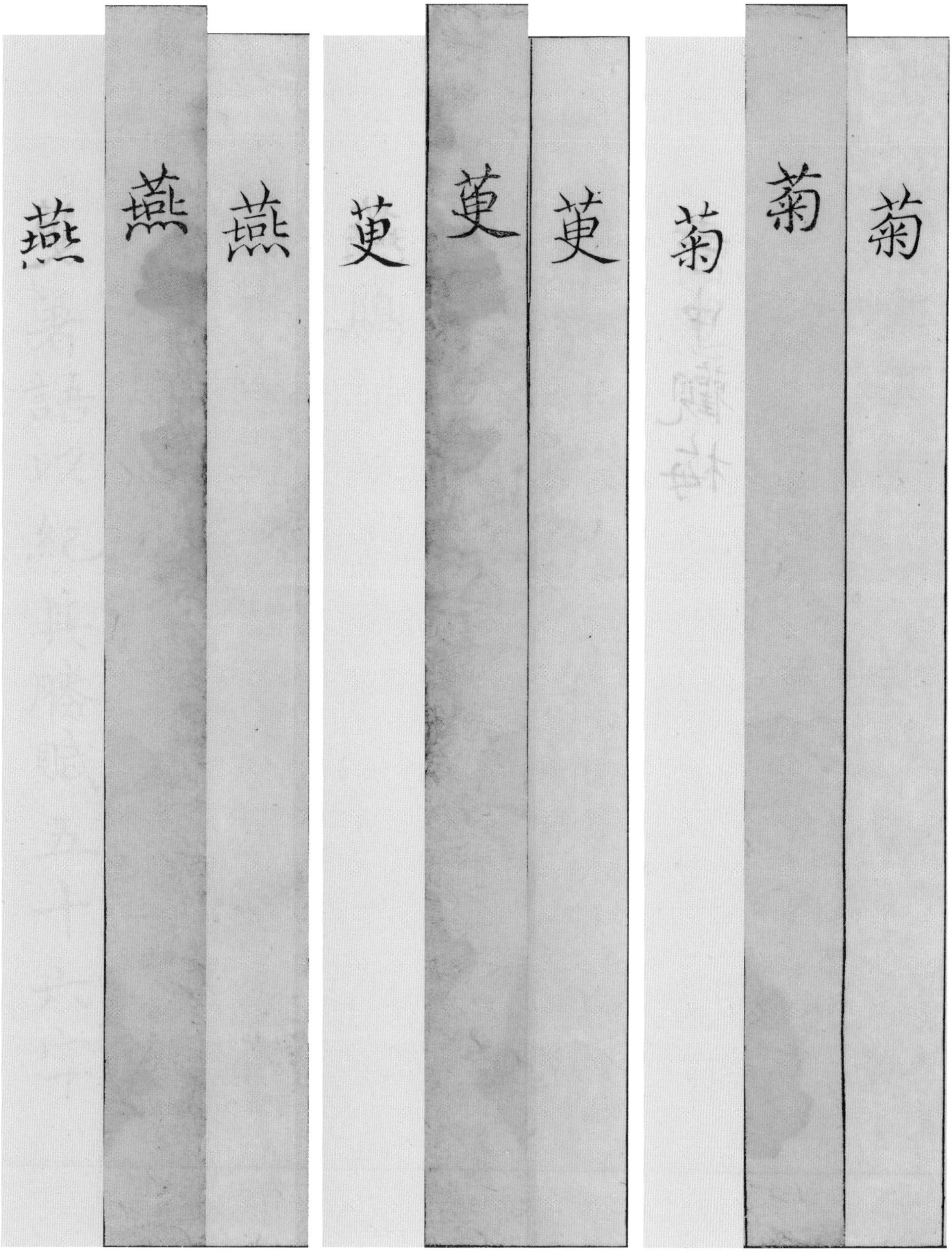
菊
菊
菊
萸
萸
萸
燕
燕
燕

寺中觀梅
寺中觀梅
寺中觀梅
雲山詩境
雲山詩境
雲山詩境
鳩
鳩
鳩

蛩螿

蛩螿

蛩螿

和雲夫武攸見寄韻

和雲夫武攸見寄韻

和雲夫武攸見寄韻

大閱

大閱

大閱

次韻黃倅喜雨

次韻黃倅喜雨

次韻黃倅喜雨

六亭爲邵陽登覽之勝識其名於千

六亭爲邵陽登覽之勝識其名於千

六亭爲邵陽登覽之勝識其名於千

巖之詩稔矣迺今僅存其一方欲

巖之詩稔矣迺今僅存其一方欲

巖之詩稔矣迺今僅存其一方欲

次第尋訪吕仍舊貫不謂薄領淂

次第尋訪吕仍舊貫不謂薄領淂

次第尋訪吕仍舊貫不謂薄領淂

我心之所同然春容大篇率先作

我心之所同然春容大篇率先作

我心之所同然春容大篇率先作

倡而令君和章亦復繼至閱免賡

倡而令君和章亦復繼至閱免賡

倡而令君和章亦復繼至閱免賡

酢用肩吾人相與祈成之意

酢用肩吾人相與祈成之意

酢用肩吾人相與祈成之意

僧窻

僧窻

僧窻

賦鴈

賦鴈

賦鴈

通守黃子說解印造朝之日江梅輒

通守黃子說解印造朝之日江梅輒

通守黃子說解印造朝之日江梅輒

花天其或者以相行色耶取風人

花天其或者以相行色耶取風人

花天其或者以相行色耶取風人

託物之義賦詩餞别致繾綣意

託物之義賦詩餞别致繾綣意

託物之義賦詩餞别致繾綣意

登鴈峯

登鴈峯

登鴈峯

溪橋

溪橋

溪橋

絶湖

絶湖

絶湖

讀楚騷

讀楚騷

讀楚騷

郡圃紅白蓮競放斐然短歌呈似席

郡圃紅白蓮競放斐然短歌呈似席

郡圃紅白蓮競放斐然短歌呈似席

閒諸丈

閒諸丈

閒諸丈

題湘西廖次高水南真趣

題湘西廖次高水南真趣

題湘西廖次高水南真趣

王令君惠示用少陵韻奉和

王令君惠示用少陵韻奉和

王令君惠示用少陵韻奉和

題臨川晏子直百花林

題臨川晏子直百花林

題臨川晏子直百花林

寄愷齋弟

寄愷齋弟

寄愷齋弟

繡衣行送趙道中寺丞

繡衣行送趙道中寺丞

繡衣行送趙道中寺丞

賦桂隱用王從周鎬韻

賦桂隱用王從周鎬韻

賦桂隱用王從周鎬韻

次韻陳慈明五絕句

次韻陳慈明五絕句

次韻陳慈明五絕句

次韻王令君禱雨用杜草堂韻

次韻王令君禱雨用杜草堂韻

次韻王令君禱雨用杜草堂韻

邵陽郡圃梅坡

邵陽郡圃梅坡

邵陽郡圃梅坡

和黃倅懷歸

和黃倅懷歸

和黃倅懷歸

題蕭氏竹坡

題蕭氏竹坡

題蕭氏竹坡

讀千巖續藁

讀千巖續藁

讀千巖續藁

丁丑歲中秋日劭農於城南得五絕

丁丑歲中秋日劭農於城南得五絕

丁丑歲中秋日劭農於城南得五絕

句

句

句

送武岡法曹江叔文

送武岡法曹江叔文

送武岡法曹江叔文

靜吟

靜吟

靜吟

小軒窠石

小軒窠石

小軒窠石

和邵陽張茂才青蓮花韻

和邵陽張茂才青蓮花韻

和邵陽張茂才青蓮花韻

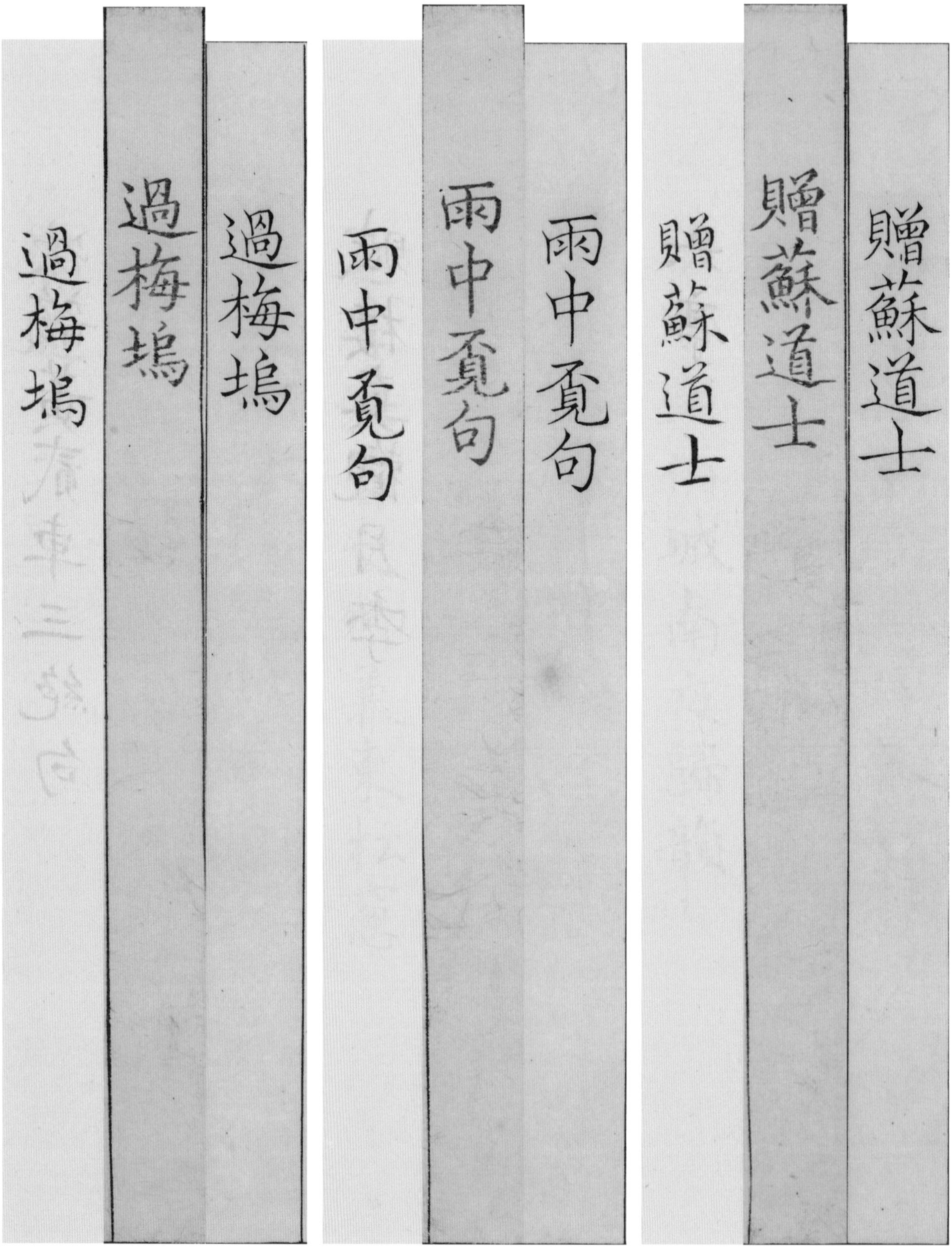
贈蘇道士
贈蘇道士
贈蘇道士
雨中覓句
雨中覓句
雨中覓句
過梅塢
過梅塢
過梅塢

題它山善政侯廟

題它山善政侯廟

題它山善政侯廟

竹所夜思

竹所夜思

竹所夜思

再次王宰翟簿喜雨聯句韻

再次王宰翟簿喜雨聯句韻

再次王宰翟簿喜雨聯句韻

妙峯亭晚望

妙峯亭晚望

妙峯亭晚望

次韻黃貳車三絶句

次韻黃貳車三絶句

次韻黃貳車三絶句

賦棲真觀月季

賦棲真觀月季

賦棲真觀月季

六亭
六亭
六亭
詩禪
詩禪
詩禪
吟天
吟天
吟天

東林雲上人見過

東林雲上人見過

東林雲上人見過

西風

西風

西風

木犀

木犀

木犀

觀畫

觀畫

觀畫

次鄔文伯城南夜歸韻

次鄔文伯城南夜歸韻

次鄔文伯城南夜歸韻

送陳法曹文卿兼柬松窻

送陳法曹文卿兼柬松窻

送陳法曹文卿兼柬松窻

偶述
偶述
偶述
送蘇道士
送蘇道士
送蘇道士
懷歸
懷歸
懷歸

訪孤山

訪孤山

訪孤山

霜柳

霜柳

霜柳

燈夕

燈夕

燈夕

老境

老境

老境

再入湖南境

再入湖南境

再入湖南境

暑夕汎月次王令君韻

暑夕汎月次王令君韻

暑夕汎月次王令君韻

無詩

無詩

無詩

周晦叔所宅之左一坡隱然而高有

周晦叔所宅之左一坡隱然而高有

周晦叔所宅之左一坡隱然而高有

竹萬箇架小軒於翠霧蒼雪間日

竹萬箇架小軒於翠霧蒼雪間日

竹萬箇架小軒於翠霧蒼雪間日

彈琴讀書其下軒外鳴泉清駛若

彈琴讀書其下軒外鳴泉清駛若

彈琴讀書其下軒外鳴泉清駛若

與弦誦之聲相荅愛其境勝爲賦

與弦誦之聲相荅愛其境勝爲賦

與弦誦之聲相荅愛其境勝爲賦

一絶

一絶

一絶

浮驂

浮驂

浮驂

書蘇道士江行圖後

書蘇道士江行圖後

書蘇道士江行圖後

有惠廬山圖者

有惠廬山圖者

有惠廬山圖者

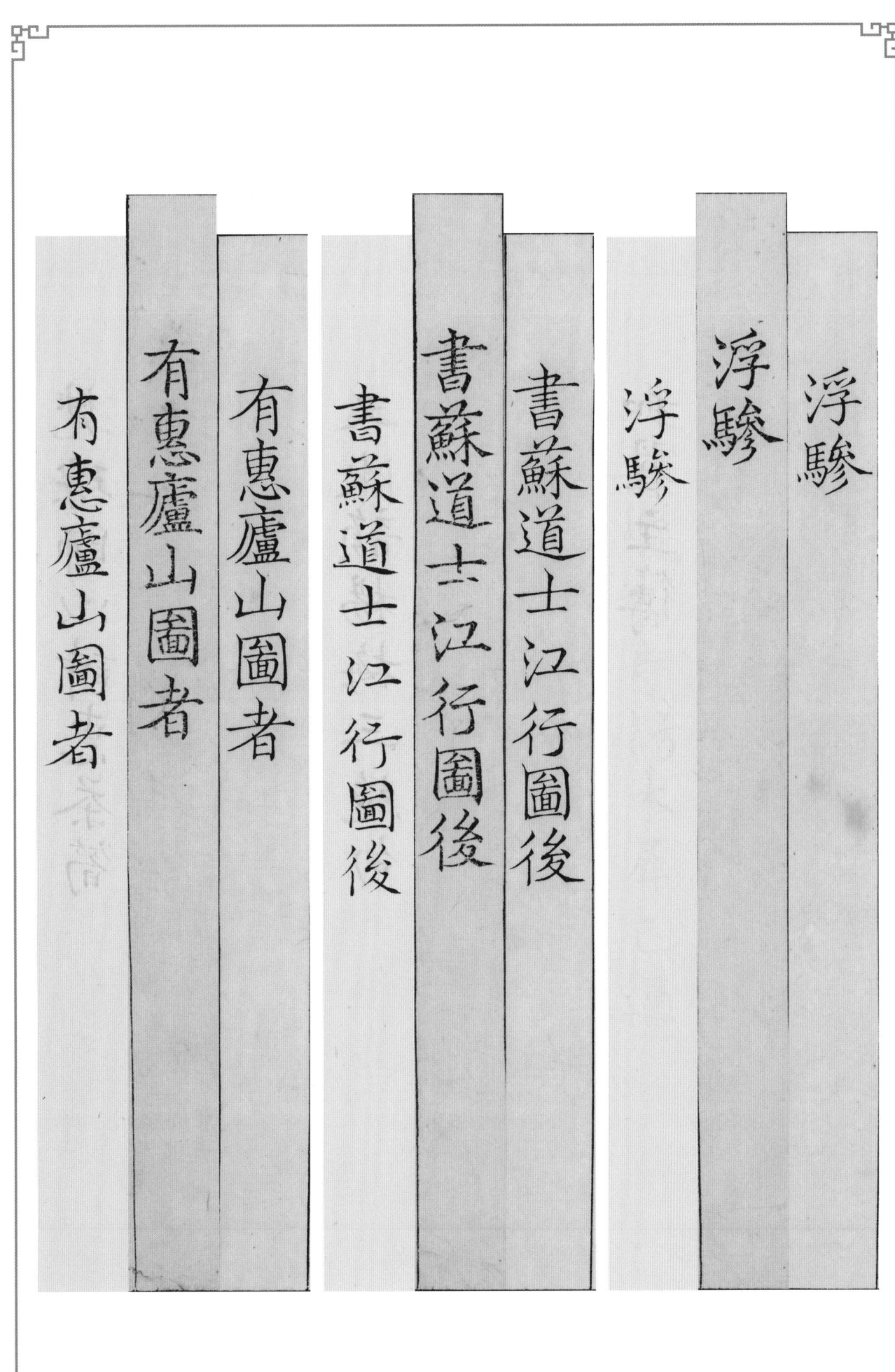

香澗老子示似玉林首倡極道竹溪

香澗老子示似玉林首倡極道竹溪

香澗老子示似玉林首倡極道竹溪

宴月之樂玉林勉以屬和

宴月之樂玉林勉以屬和

宴月之樂玉林勉以屬和

梵琮師以詩惠茶筍

梵琮師以詩惠茶筍

梵琮師以詩惠茶筍

又次韻楊梅三絶句

又次韻楊梅三絶句

又次韻楊梅三絶句

和翟主簿

和翟主簿

和翟主簿

催花

催花

催花

看李成畫

看李成畫

看李成畫

木犀重開

木犀重開

木犀重開

曉發嚴瀨舟中和戴叔振韻

曉發嚴瀨舟中和戴叔振韻

曉發嚴瀨舟中和戴叔振韻

丫頭巖

丫頭巖

丫頭巖

題兩巖 丫頭月巖

題兩巖 丫頭月巖

題兩巖 丫頭月巖

新喻道上

新喻道上

新喻道上

和潘帳幹 二首

和潘帳幹 二首

和潘帳幹 二首

次韻觀音寺訪木犀已過

次韻觀音寺訪木犀已過

次韻觀音寺訪木犀已過

林園

林園

林園

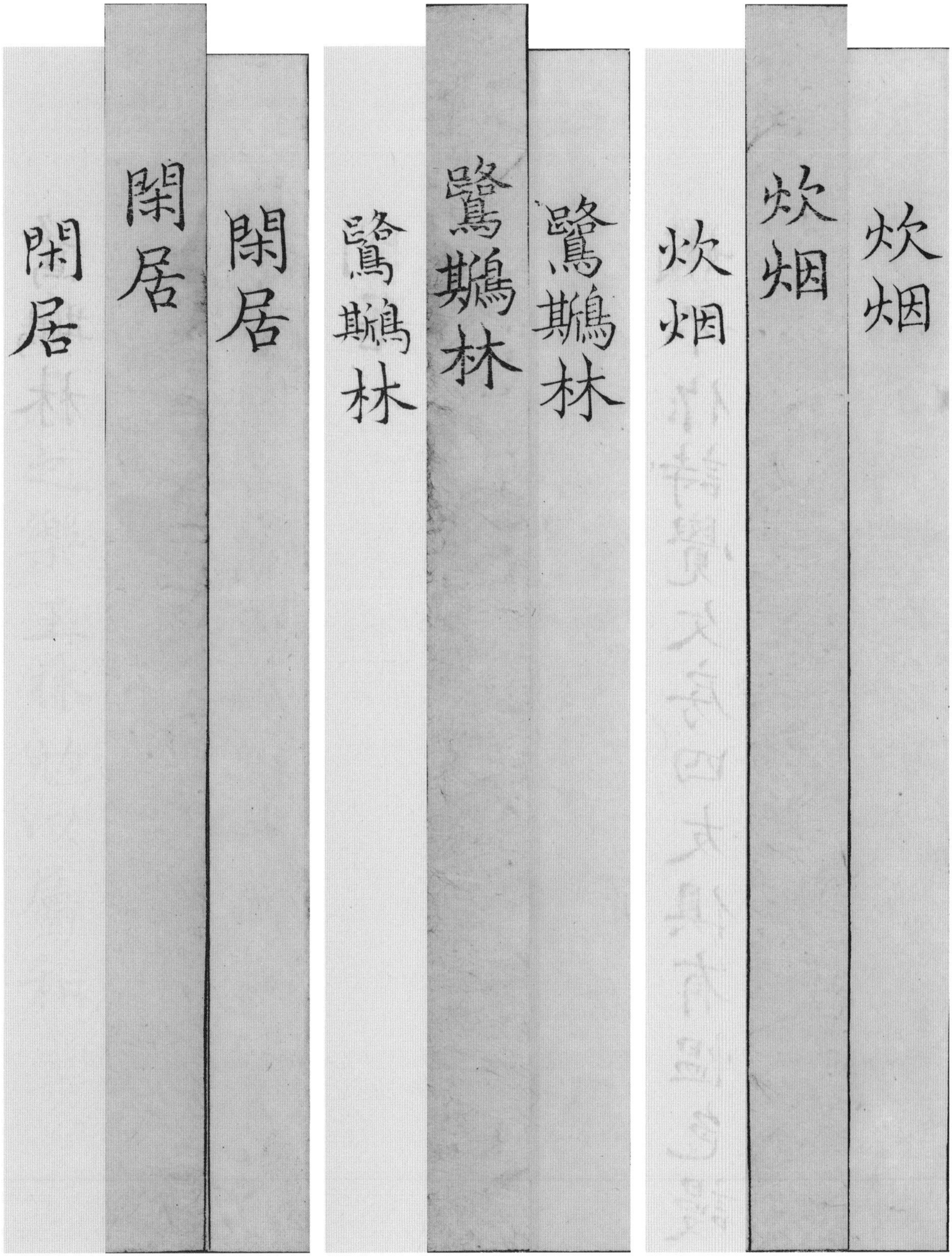
炊烟
炊烟
炊烟
鷺鷥林
鷺鷥林
鷺鷥林
閑居
閑居
閑居

嬾不作詩覺文房四友俱有慍色謾

嬾不作詩覺文房四友俱有慍色謾

嬾不作詩覺文房四友俱有慍色謾

賦

賦

賦

過櫧洲行散

過櫧洲行散

過櫧洲行散

贈臨汝曾醫士

贈臨汝曾醫士

贈臨汝曾醫士

孤山

孤山

孤山

春莫同社會飲張園小樓分韻得飛

春莫同社會飲張園小樓分韻得

春莫同社會飲張園小樓分韻得飛

字

飛字

字

參政宣獻樓公挽歌辭

參政宣獻樓公挽歌辭

參政宣獻樓公挽歌辭

庵居

庵居

菴居

伊誰

伊誰

伊誰

和叔振曉上梅坡小亭

和叔振曉上梅坡小亭

和叔振曉上梅坡小亭

六亭宴雪

六亭宴雪

六亭宴雪

喜閑

喜閑

喜閑

紙帳

紙帳

紙帳

十里

十里

十里

再賦晏子直百花林

再賦晏子直百花林

再賦晏子直百花林

溪流

溪流

溪流

弔湘纍

弔湘纍

弔湘纍

夜窻書事

夜窻書事

夜窻書事

送鄔文伯歸侍臨川 二首

送鄔文伯歸侍臨川 二首

送鄔文伯歸侍臨川 二首

楚望

楚望

楚望

邵陽界上同友人山行

邵陽界上同友人山行

邵陽界上同友人山行

醴陵道上飲別故人被酒困坐竹輿

醴陵道上飲別故人被酒困坐竹輿

醴陵道上飲別故人被酒困坐竹輿

因賦

因賦

因賦

友林乙藁目録

友林乙藁目録

友林乙藁目録

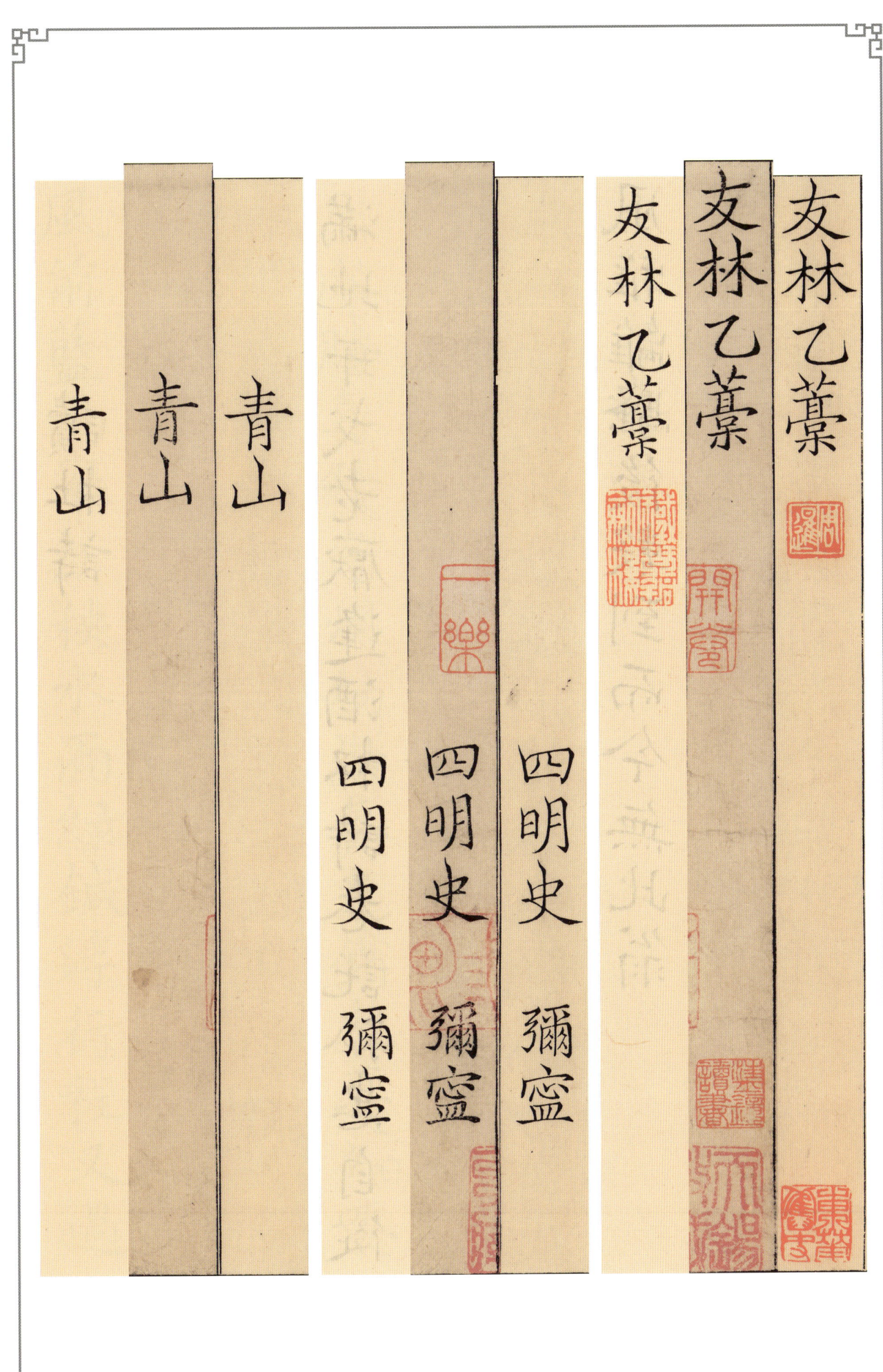

友林乙藁

友林乙藁

友林乙藁

四明史彌寍

四明史彌寍

四明史彌寍

青山

青山

青山

青山見我喜可掬我喜青山重盍簪石鼎

青山見我喜可掬我喜青山重盍簪石鼎

青山見我喜可掬我喜青山重盍簪石鼎

車聲煎玉乳竹鑪雲縷試花沉三杯暖熱

車聲煎玉乳竹鑪雲縷試花沉三杯暖熱

車聲煎玉乳竹鑪雲縷試花沉三杯暖熱

淵明酒一曲淒清叔夜琴莫恠相看能冷

淵明酒一曲淒清叔夜琴莫恠相看能冷

淵明酒一曲淒清叔夜琴莫恠相看能冷

淡交游如此却情深

淡交游如此却情深

淡交游如此却情深

覔句

覔句

覔句

山院清吟雪作堆錦囊開口等詩來尚嫌

山院清吟雪作堆錦囊開口等詩來尚嫌

山院清吟雪作堆錦囊開口等詩來尚嫌

句裏欠平淡忍冷巡簷看老梅

句裏欠平淡忍冷巡簷看老梅

句裏欠平淡忍冷巡簷看老梅

客舍尾池

客舍尾池

客舍尾池

片石玲瓏水抱根巧裁松竹間蘭蓀怕人

片石玲瓏水抱根巧裁松竹間蘭蓀怕人

片石玲瓏水抱根巧裁松竹間蘭蓀怕人

觸弄魚兒活踈織筍籠護瓦盆

觸弄魚兒活踈織筍籠護瓦盆

觸弄魚兒活踈織筍籠護瓦盆

讀杜詩

讀杜詩

讀杜詩

滿地干戈老厭逢酒杯詩卷託孤忠自從

滿地干戈老厭逢酒杯詩卷託孤忠自從

滿地干戈老厭逢酒杯詩卷託孤忠自從

風雅離騷後數到而今無此翁

風雅離騷後數到而今無此翁

風雅離騷後數到而今無此翁

東還

東還

東還

及瓜賸喜發南州納納春光銷客憂細麥

及瓜賸喜發南州納納春光銷客憂細麥

及瓜賸喜發南州納納春光銷客憂細麥

風前藍袖舉新秧水面綠鍼浮行程又過

風前藍袖舉新秧水面綠鍼浮行程又過

風前藍袖舉新秧水面綠鍼浮行程又過

山深處歸夢還尋天盡頭收拾懷鄉舊詩

山深處歸夢還尋天盡頭收拾懷鄉舊詩

山深處歸夢還尋天盡頭收拾懷鄉舊詩

藁探先封寄與沙鷗

藁探先封寄與沙鷗

藁探先封寄與沙鷗

啼鴂

啼鴂

啼鴂

點檢園禽誰口多錯嫌百舌逞嘍囉春歸

點撿園禽誰口多錯嫌百舌逞嘍囉春歸

點檢園禽誰口多錯嫌百舌逞嘍囉春歸

恠見難留駐攛掇元來却是他

恠見難留駐攛掇元來却是他

恠見難留駐攛掇元來却是他

曉望雲氣平凝前山遮盡僅餘翠

曉望雲氣平凝前山遮盡僅餘翠

曉望雲氣平凝前山遮盡僅餘翠

峯數點因賦

峯數點因賦

峯數點因賦

障山可奈白雲何露出峯尖能幾多宛似

障山可奈白雲何露出峯尖能幾多宛似

障山可奈白雲何露出峯尖能幾多宛似

羣僊粉墻外髻環歷歷見青螺

羣僊粉墻外髻環歷歷見青螺

羣僊粉墻外髻環歷歷見青螺

送伍啓之赴嚴陵比較務

送伍啓之赴嚴陵比較務

送伍啓之赴嚴陵比較務

又作中年别西征難強留挂颿衝雪浪懷

又作中年别西征難強留挂颿衝雪浪懷

又作中年别西征難強留挂颿衝雪浪懷

牒董糟丘嚴瀨未爲遠陟雲良易收功名
牒董糟丘嚴瀨未爲遠陟雲良易收功名
牒董糟丘嚴瀨未爲遠陟雲良易收功名
牒董糟丘嚴瀨未爲遠陟雲良易收功名

吾拭目老氣尚橫秋
吾拭目老氣尚橫秋
吾拭目老氣尚橫秋

南湖靜寄
南湖靜寄
南湖靜寄

緜蕝南湖屋數椽鷗邊一壑許儂專小軒

緜蕝南湖屋數椽鷗邊一壑許儂專小軒

緜蕝南湖屋數椽鷗邊一壑許儂專小軒

東面雲生樹曲檻前頭水接天餉客清風

東面雲生樹曲檻前頭水接天餉客清風

東面雲生樹曲檻前頭水接天餉客清風

無盡藏可人明月不論錢愛閑聞取身須

無盡藏可人明月不論錢愛閑聞取身須

無盡藏可人明月不論錢愛閑聞取身須

健逸老祠旁理釣船

健逸老祠旁理釣船

健逸老祠旁理釣船

夏日小酌

夏日小酌

夏日小酌

招窻一粲俯晴川儘放薰風到酒邊小待

招窻一粲俯晴川儘放薰風到酒邊小待

招窻一粲俯晴川儘放薰風到酒邊小待

夜深清月上藕花影裏撈漁船

夜深清月上藕花影裏撈漁船

夜深清月上藕花影裏撈漁船

火雲

火雲

火雲

酷甚驕陽似杜周火雲焰焰雨悠悠平疇

酷甚驕陽似杜周火雲焰焰雨悠悠平疇

酷甚驕陽似杜周火雲焰焰雨悠悠平疇

龜兆何曾潤蒸得田夫汗轉流

龜兆何曾潤蒸得田夫汗轉流

龜兆何曾潤蒸得田夫汗轉流

寄屈英發

寄屈英發

寄屈英發

好在靈均幾葉孫棲遲何事尚衡門騷章

好在靈均幾葉孫棲遲何事尚衡門騷章

好在靈均幾葉孫棲遲何事尚衡門騷章

憒世令誰尋忠槩傳家君獨存夜雨短檠

憒世令誰尋忠槩傳家君獨存夜雨短檠

憒世令誰尋忠槩傳家君獨存夜雨短檠

能搰搰春風逸翮定軒軒有書難倩南征

能搰搰春風逸翮定軒軒有書難倩南征

能搰搰春風逸翮定軒軒有書難倩南征

鴈巫水黔山勞夢魂

鴈巫水黔山勞夢魂

鴈巫水黔山勞夢魂

東湖汎舟

東湖汎舟

東湖汎舟

扁舟去穩似乘槎瞥眼輕鷗掠浪花絕愛

扁舟去穩似乘槎瞥眼輕鷗掠浪花絕愛

扁舟去穩似乘槎瞥眼輕鷗掠浪花絕愛

陶公山盡處淡煙斜日幾漁家

陶公山盡處淡煙斜日幾漁家

陶公山盡處淡煙斜日幾漁家

詩髯

詩髯

詩髯

薄劣東風性叵常欺人老去頓炎涼夜來

薄劣東風性叵常欺人老去頓炎涼夜來

薄劣東風性叵常欺人老去頓炎涼夜來

解盡池塘凍不到詩髯點檢霜

解盡池塘凍不到詩髯點檢霜

解盡池塘凍不到詩髯點檢霜

張氏溪館

張氏溪館

張氏溪館

景物自相投茅簷俯碧流鏡中雙鷺下畫

景物自相投茅簷俯碧流鏡中雙鷺下畫

景物自相投茅簷俯碧流鏡中雙鷺下畫

裏幾山秋日落誰橫笛江寒獨倚樓有人

裏幾山秋日落誰橫笛江寒獨倚樓有人

裏幾山秋日落誰橫笛江寒獨倚樓有人

過裴迪問是輞川不

過裴迪問是輞川不

過裴迪問是輞川不

春宵

春宵

春宵

角聲和月透牕紗驚起啼晴半樹鴉攪亂

角聲和月透牕紗驚起啼晴半樹鴉攪亂

角聲和月透牕紗驚起啼晴半樹鴉攪亂

先生眠不得一庭春露濕梨花

先生眠不得一庭春露濕梨花

先生眠不得一庭春露濕梨花

醻黃雲夫用所寄詩卷中韻

醻黃雲夫用所寄詩卷中韻

醻黃雲夫用所寄詩卷中韻

詩編旅吾前火齊間木難讀書二十載鼂

詩編旅吾前火齊間木難讀書二十載鼂

詩編旅吾前火齊間木難讀書二十載鼂

哉師阿瞞相期爾正始可但黃初間想當

哉師阿瞞相期爾正始可但黃初間想當

哉師阿瞞相期爾正始可但黃初間想當

醉吟時意覺瀟湘寬吾廬切東溟遲子同

醉吟時意覺瀟湘寬吾廬切東溟遲子同

醉吟時意覺瀟湘寬吾廬切東溟遲子同

遐觀

遐觀

遐觀

寄雲夫

寄雲夫

寄雲夫

黔國相逢地蒼燈共夜篝雲龍念東野栢

黔國相逢地蒼燈共夜篝雲龍念東野栢

黔國相逢地蒼燈共夜篝雲龍念東野栢

馬歎之界郵傳一分手河山再見秋交情

馬歎之界郵傳一分手河山再見秋交情

馬歎之界郵傳一分手河山再見秋交情

如繾綣不在寄書稠
如繾綣不在寄書稠
如繾綣不在寄書稠
維則庵追涼題月湖屏間詩後
維則庵追涼題月湖屏間詩後
維則庵追涼題月湖屏間詩後
淋漓醉墨灑屏間逃暑祇園闖一斑小阮
淋漓醉墨灑屏間逃暑祇園闖一斑小阮
淋漓醉墨灑屏間逃暑祇園闖一斑小阮
淋漓醉墨灑屏間逃暑祇園闖一斑小阮

詩懷飽丘壑可無隻句餉江山

詩懷飽丘壑可無隻句餉江山

詩懷飽丘壑可無隻句餉江山

送鄔文伯

送鄔文伯

送鄔文伯

一丗鄔文伯三生鍾子期風流到尊俎醻

一丗鄔文伯三生鍾子期風流到尊俎醻

一丗鄔文伯三生鍾子期風流到尊俎醻

倡迭壎篪去棹趨蘭養来鶴趂菊時南湖

倡迭壎篪去棹趨蘭養来鶴趂菊時南湖

倡迭壎篪去棹趨蘭養来鶴趂菊時南湖

清鏡裏明日欠君詩

清鏡裏明日欠君詩

清鏡裏明日欠君詩

江亭晚思二首

江亭晚思二首

江亭晚思二首

風煙醻酢費吟牋剩句殘章尚滿前際晚

風煙醻酢費吟牋剩句殘章尚滿前際晚

風煙醻酢費吟牋剩句殘章尚滿前際晚

奚囊收未盡一時寄在白鷗邊

奚囊收未盡一時寄在白鷗邊

奚囊收未盡一時寄在白鷗邊

有底江鷗不耐煩月明連夜送詩還沙頭

有底江鷗不耐煩月明連夜送詩還沙頭

有底江鷗不耐煩月明連夜送詩還沙頭

接得重搜句推與儂忙渠倒閑

接得重搜句推與儂忙渠倒閑

接得重搜句推與儂忙渠倒閑

鄭中卿惠蝤蛑

鄭中卿惠蝤蛑

鄭中卿惠蝤蛑

客窻不作侯鯖夢隨分魚鰕薦一杯食指

客窻不作侯鯖夢隨分魚鰕薦一杯食指

客窻不作侯鯖夢隨分魚鰕薦一杯食指

恠生連夜動敲門郭索送詩來

恠生連夜動敲門郭索送詩來

恠生連夜動敲門郭索送詩來

埜塘秋鷺

埜塘秋鷺

埜塘秋鷺

玉立秋塘一振衣竦肩莫是為尋詩近來

玉立秋塘一振衣竦肩莫是為尋詩近來

玉立秋塘一振衣竦肩莫是為尋詩近來

絶少元和樣島瘦郊寒渠得之

絶少元和樣島瘦郊寒渠得之

絶少元和樣島瘦郊寒渠得之

紫笑

紫笑

紫笑

芳苞暗解紫羅囊香殺東風一味狂試問

芳苞暗解紫羅囊香殺東風一味狂試問

芳苞暗解紫羅囊香殺東風一味狂試問

花神緣底笑笑他鸞蝶為春忙
花神緣底笑笑他鸞蝶為春忙
花神緣底笑笑他鸞蝶為春忙
花神緣底笑笑他鸞蝶為春忙

過臨江
過臨江
過臨江梅門聽竹送春來

嘉定有八襀三月哉生明史子朕吏鞅超
嘉定有八襀三月哉生明史子朕吏鞅超
嘉定有八襀三月哉生明史子朕吏鞅超

然若登瀛釃酒渡清江風艑引歸程僮奴

然若登瀛釃酒渡清江風艑引歸程僮奴

然若登瀛釃酒渡清江風艑引歸程僮奴

忽報我重客來相迎推篷驚且喜火急問

忽報我重客來相迎推篷驚且喜火急問

忽報我重客來相迎推篷驚且喜火急問

姓名云是遠近山江湖舊有聲各欲贄韻

姓名云是遠近山江湖舊有聲各欲贄韻

姓名云是遠近山江湖舊有聲各欲贄韻

語藉手論交情倒屣延見之驩甚如平生
語藉手論交情倒屣延見之驩甚如平生
語藉手論交情倒屣延見之驩甚如平生
近山屬思久竚立詩未成意者事工緻一
近山屬思久竚立詩未成意者事工緻一
近山屬思久竚立詩未成意者事工緻一
字百鍊精遠山得句易犇走隨東征頗似
字百鍊精遠山得句易犇走隨東征頗似
字百鍊精遠山得句易犇走隨東征頗似

誇雋捷攙先求獻呈頎予雖不敏嘗試與

誇雋捷攙先求獻呈頎予雖不敏嘗試與

誇雋捷攙先求獻呈頎予雖不敏嘗試與

子評自古文章士大率多相輕二君富丘

子評自古文章士大率多相輕二君富丘

子評自古文章士大率多相輕二君富丘

壑氣象俱崢嶸萬世所宗仰尹任夷之清

壑氣象俱崢嶸萬世所宗仰尹任夷之清

壑氣象俱崢嶸萬世所宗仰尹任夷之清

譬彼蘭與菊春媚或秋榮底用角遲速區
譬彼蘭與菊春媚或秋榮底用角遲速區
譬彼蘭與菊春媚或秋榮底用角遲速區

區尚爭衡端盍如奏雅迭和韶鈞鳴顛言
區尚爭衡端盍如奏雅迭和韶鈞鳴顛言
區尚爭衡端盍如奏雅迭和韶鈞鳴顛言

醻嘉惠託身與去齊盟扁舟劈箭飛懷抱
醻嘉惠託身與去齊盟扁舟劈箭飛懷抱
醻嘉惠託身與去齊盟扁舟劈箭飛懷抱

何由傾感子意勤拳寫作江上行

何由傾感子意勤拳寫作江上行

何由傾感子意勤拳寫作江上行

歸航

歸航

歸航

春岸移舟雪半消長年忍冷轉塘坳數㲉

春岸移舟雪半消長年忍冷轉塘坳數㲉

春岸移舟雪半消長年忍冷轉塘坳數㲉

鴉軋催歸艣屬玉鷥飛上柳梢

鴉軋催歸艣屬玉鷥飛上柳梢

鴉軋催歸艣屬玉鷥飛上柳梢

即事

即事

即事

翠屏珠幌水沉烟日日春風醉筦絃得似

翠屏珠幌水沉烟日日春風醉筦絃得似

翠屏珠幌水沉烟日日春風醉筦絃得似

南湖老漁隱短蓑銅斗白鷗前

南湖老漁隱短蓑銅斗白鷗前

南湖老漁隱短蓑銅斗白鷗前

聞笛

聞笛

聞笛

卸帆沽酒荻花村水色天光淨不分霜月

卸帆沽酒荻花村水色天光淨不分霜月

卸帆沽酒荻花村水色天光淨不分霜月

淒涼何許笛一聲吹裂洞庭雲

淒涼何許笛一聲吹裂洞庭雲

淒涼何許笛一聲吹裂洞庭雲

紅雪

紅雪

紅雪

金衣花裏囀春寒桃杏墻頭正耐看苦被

金衣花裏囀春寒桃杏墻頭正耐看苦被

金衣花裏囀春寒桃杏墻頭正耐看苦被

東風愛裝景借些紅雪打闌干
東風愛裝景借些紅雪打闌干
東風愛裝景借些紅雪打闌干

舟中
舟中
舟中

西風吹上木欄船人訝今時李郭仙一抹
西風吹上木欄船人訝今時李郭仙一抹
西風吹上木欄船人訝今時李郭仙一抹
西風吹上木欄船人訝今時李郭仙一抹

煙光粘遠樹十分山翠滴晴川夕陽半在

煙光粘遠樹十分山翠滴晴川夕陽半在

煙光粘遠樹十分山翠滴晴川夕陽半在

寒鴉外秋色全歸過鴈邊縱有清詩費摹

寒鴉外秋色全歸過鴈邊縱有清詩費摹

寒鴉外秋色全歸過鴈邊縱有清詩費摹

寫楮生為我喚龍眠

寫楮生為我喚龍眠

寫楮生為我喚龍眠

翟簿示似中秋高作命意著語殆
翟簿示似中秋高作命意著語殆
翟簿示似中秋高作命意著語殆
與商素爭清讀至人與月忘年之
與商素爭清讀至人與月忘年之
與商素爭清讀至人與月忘年之
句不覺擊節借五言爲韻賦詩答
句不覺擊節借五言爲韻賦詩答
句不覺擊節借五言爲韻賦詩答

謝

謝

謝

飲月漱吟齒心事何輪囷醉舞影凌亂子

飲月漱吟齒心事何輪囷醉舞影凌亂子

飲月漱吟齒心事何輪囷醉舞影凌亂子

其謫僊人

其謫僊人

其謫僊人

老蟾挂青冥寒影墮秋渚流轂到楚澤千

老蟾挂青冥寒影墮秋渚流轂到楚澤千

老蟾挂青冥寒影墮秋渚流轂到楚澤千

古相溶與

古相溶與

古相溶與

露氣粟我膚棄捐掌中月高眼沒雲鴻澄

露氣粟我膚棄捐掌中月高眼沒雲鴻澄

露氣粟我膚棄捐掌中月高眼沒雲鴻澄

輝眇窮髮

輝眇窮髮

輝眇窮髮

天風來廣寒吹下雲錦裳維無金錯刀緹

天風來廣寒吹下雲錦裳維無金錯刀緹

天風來廣寒吹下雲錦裳維無金錯刀緹

革余敢忘

革余敢忘

革余敢忘

歌子秋風疊誦子明月篇信有習鑿齒勝

歌子秋風疊誦子明月篇信有習鑿齒勝

歌子秋風疊誦子明月篇信有習鑿齒勝

讀書十年

讀書十年

讀書十年

按圖志去城而南有巖曰金紫昔

按圖志去城而南有巖曰金紫昔

按圖志去城而南有巖曰金紫昔

蕭千巖擅一世詩轂乾道閒嘗寓
蕭千巖擅一世詩轂乾道閒嘗寓
蕭千巖擅一世詩轂乾道閒嘗寓
家郡之西湖意其必有題詠鐃之
家郡之西湖意其必有題詠鐃之
家郡之西湖意其必有題詠鐃之
崖壁一日訪之則了無所睹方重
崖壁一日訪之則了無所睹方重
崖壁一日訪之則了無所睹方重

爲此巖太息而别乘示似佳篇勉
爲此巖太息而别乘示似佳篇勉
爲此巖太息而别乘示似佳篇勉

之著語以紀其勝賦五十六字
之著語以紀其勝賦五十六字
之著語以紀其勝賦五十六字

去城不隔五七里雲竇誰鑱能恠奇石屋
去城不隔五七里雲竇誰鑱能恠奇石屋
去城不隔五七里雲竇誰鑱能恠奇石屋

盡頭天鏬坼林柯鈌處日光垂山禽上下
盡頭天鏬坼林柯鈌處日光垂山禽上下
盡頭天鏬坼林柯鈌處日光垂山禽上下
有餘樂僊鼠往來無勸時惜許千巖舊遊
有餘樂僊鼠往來無勸時惜許千巖舊遊
有餘樂僊鼠往來無勸時惜許千巖舊遊
所摩挱蘚壁欠渠詩
所摩挱蘚壁欠渠詩
所摩挱蘚壁欠渠詩

題清湘管善甫青雲樓

題清湘管善甫青雲樓

題清湘管善甫青雲樓

湘山詩眼兩爭高醉墨淋浪濕斗杓説似

湘山詩眼兩爭高醉墨淋浪濕斗杓説似

湘山詩眼兩爭高醉墨淋浪濕斗杓説似

元龍徹欄楯恐妨縱武上曾霄

元龍徹欄楯恐妨縱武上曾霄

元龍徹欄楯恐妨縱武上曾霄

晴江觀鴨

晴江觀鴨

晴江觀鴨

鴨鴨新晴出翠蒲春江水暖手相呼避人

鴨鴨新晴出翠蒲春江水暖手相呼避人

鴨鴨新晴出翠蒲春江水暖手相呼避人

深入蒼烟去莫是喬僊雙履無

深入蒼烟去莫是喬僊雙履無

深入蒼烟去莫是喬僊雙履無

啜茗

啜茗

啜茗

嘗騰午困嬾吟哦 鼎沸槍旗不厭多戰退

嘗騰午困嬾吟哦 鼎沸槍旗不厭多戰退

嘗騰午困嬾吟哦 鼎沸槍旗不厭多戰退

嘗騰午困嬾吟哦 鼎沸槍旗不厭多戰退

睡魔三十里安知門外有詩魔

睡魔三十里安知門外有詩魔

睡魔三十里安知門外有詩魔

睡魔三十里安知門外有詩魔

秋蘭三絶

秋蘭三絶

秋蘭三絶

葉葉低垂翠帶長花清榦瘦吐微香西風

葉葉低垂翠帶長花清榦瘦吐微香西風

葉葉低垂翠帶長花清榦瘦吐微香西風

劣相添寒色簇立蜻蜓凍欲僵

劣相添寒色簇立蜻蜓凍欲僵

劣相添寒色簇立蜻蜓凍欲僵

杜若江離汝弟兄楚騷經裏揔知名雖然

杜若江離汝弟兄楚騷經裏揔知名雖然

杜若江離汝弟兄楚騷經裏揔知名雖然

臭味略相似畢竟還他骨格清

臭味略相似畢竟還他骨格清

臭味略相似畢竟還他骨格清

砌蠟成花淺帶黃紫莖緑葉媚秋光不吟

砌蠟成花淺帶黃紫莖緑葉媚秋光不吟

砌蠟成花淺帶黃紫莖緑葉媚秋光不吟

尚自清羸甚怯得詩腰肖沈郎

尚自清羸甚怯得詩腰肖沈郎

尚自清羸甚怯得詩腰肖沈郎

簷滴

簷滴

簷滴

過雨秋簷不住聲敲盆滴砌帶詩清料渠

過雨秋簷不住聲敲盆滴砌帶詩清料渠

過雨秋簷不住聲敲盆滴砌帶詩清料渠

要學儂搜句旋疊平平仄仄平

要學儂搜句旋疊平平仄仄平

要學儂搜句旋疊平平仄仄平

陸放翁畫像

陸放翁畫像

陸放翁畫像

詩酒江南劔外身眼驚幻墨逼天真是誰

詩酒江南劔外身眼驚幻墨逼天真是誰

詩酒江南劔外身眼驚幻墨逼天真是誰

不道君無對世上元來更有人

不道君無對世上元來更有人

不道君無對世上元來更有人

評詩

評詩

評詩

籌量節物細評詩詩要天然莫強爲蛩韻

籌量節物細評詩詩要天然莫強爲蛩韻

籌量節物細評詩詩要天然莫強爲蛩韻

酸寒東野句鸎吟富貴小山詞

酸寒東野句鸎吟富貴小山詞

酸寒東野句鸎吟富貴小山詞

懷白石

懷白石

懷白石

秋堂風露夜沉沉賴有寒螿伴苦吟詩句

秋堂風露夜沉沉賴有寒螿伴苦吟詩句

秋堂風露夜沉沉賴有寒螿伴苦吟詩句

未蒼人自老十年山水負知音

未蒼人自老十年山水負知音

未蒼人自老十年山水負知音

雙清樓賦水雲分韻得齋字

雙清樓賦水雲分韻得齋字

雙清樓賦水雲分韻得齋字

湘水衡雲畫軸開天將此本勘詩才我無

湘水衡雲畫軸開天將此本勘詩才我無

湘水衡雲畫軸開天將此本勘詩才我無

健句可題品包寄江西曾撙齋
健句可題品包寄江西曾撙齋
健句可題品包寄江西曾撙齋

題劉君鼎臣盤谷圖
題劉君鼎臣盤谷圖
題劉君鼎臣盤谷圖

崖壁開張半幅慳權名人見若為顏那知
崖壁開張半幅慳權名人見若為顏那知
崖壁開張半幅慳權名人見若為顏那知
崖壁開張半幅慳權名人見若為顏那知

别有真丘壑不在區區紙上山

别有真丘壑不在區區紙上山

别有真丘壑不在區區紙上山

懷歸

懷歸

懷歸

全家索米又邊頭冷落南湖一鏡秋了却

全家索米又邊頭冷落南湖一鏡秋了却

全家索米又邊頭冷落南湖一鏡秋了却

眼前兒女債買蓑煙際伴閑鷗

眼前兒女債買蓑煙際伴閑鷗

眼前兒女債買蓑煙際伴閑鷗

荷恩堂 邵陽

荷恩堂 邵陽

荷恩堂 邵陽

不才只合老林丘也玷斑行也典州慚愧

不才只合老林丘也玷斑行也典州慚愧

不才只合老林丘也玷斑行也典州慚愧

一家都飽暖　君恩海様若爲醻

一家都飽暖　君恩海様若爲醻

一家都飽暖　君恩海様若爲醻

弔和靖

弔和靖

弔和靖

風林輥雪冷鷺鵶來弔孤山處士家只有

風林輥雪冷鷺鵶來弔孤山處士家只有

風林輥雪冷鷺鵶來弔孤山處士家只有

寒泉欠秋菊一杯聊復薦梅花

寒泉欠秋菊一杯聊復薦梅花

寒泉欠秋菊一杯聊復薦梅花

菊

菊

菊

癖好秋光勸不囬揮金一麹買詩材寒花

癖好秋光勸不囬揮金一麹買詩材寒花

癖好秋光勸不囬揮金一麹買詩材寒花

也自矜前輩曾與如字柴桑保社來

也自矜前輩曾與如字柴桑保社來

也自矜前輩曾與如字柴桑保社來

萸

萸

萸

不入湘纍俎豆閒也分半席綴詩壇杜陵

不入湘纍俎豆閒也分半席綴詩壇杜陵

不入湘纍俎豆閒也分半席綴詩壇杜陵

老眼明於鏡醉撚西風子細看

老眼明於鏡醉撚西風子細看

老眼明於鏡醉撚西風子細看

撚

撚

撚

管鮑交情已矣夫君看門上翟公書茅簷

管鮑交情已矣夫君看門上翟公書茅簷

管鮑交情已矣夫君看門上翟公書茅簷

不鄙頻來往叔末衣冠得似渠

不鄙頻來往叔末衣冠得似渠

不鄙頻來往叔末衣冠得似渠

寺中觀梅

寺中觀梅

寺中觀梅

慈尊宴坐衆香國環列毗耶彼上人老子

慈尊宴坐衆香國環列毗耶彼上人老子

慈尊宴坐衆香國環列毗耶彼上人老子

也指凡肉眼来瞻清淨法王身

也指凡肉眼来瞻清淨法王身

也指凡肉眼来瞻清淨法王身

雲山詩境

雲山詩境

雲山詩境

天公收畫底論錢借與山人換樣看雲巘

天公收畫底論錢借與山人換樣看雲巘

天公收畫底論錢借與山人換樣看雲巘

浮春晴障暖烟崖積雪曉屏寒平林淡抹
浮春晴障暖烟崖積雪曉屏寒平林淡抹
浮春晴障暖烟崖積雪曉屏寒平林淡抹
精神嫵小景横陳氣象寛定自米家船上
精神嫵小景横陳氣象寛定自米家船上
精神嫵小景横陳氣象寛定自米家船上
買不然那淂許多般
買不然那淂許多般
買不然那淂許多般

鳩 鳩 鳩

著詩催得雨垂垂連累林鳩逐婦歸為汝

著詩催得雨垂垂連累林鳩逐婦歸為汝

著詩催得雨垂垂連累林鳩逐婦歸為汝

著詩催得雨垂垂連累林鳩逐婦歸為汝

賦晴休怨望自今已後免分飛

賦晴休怨望自今已後免分飛

賦晴休怨望自今已後免分飛

蛩螿
蛩螿
蛩螿

聲作飢鳶吟未休蛩螿鬭合賦清秋被他
聲作飢鳶吟未休蛩螿鬭合賦清秋被他
聲作飢鳶吟未休蛩螿鬭合賦清秋被他

聒得渾無句獨力難勝衆楚咻
聒得渾無句獨力難勝衆楚咻
聒得渾無句獨力難勝衆楚咻

和黃雲夫武攸見寄韻

和黃雲夫武攸見寄韻

和黃雲夫武攸見寄韻

詩名千古杜陵翁身不勝窮道不窮編簡

詩名千古杜陵翁身不勝窮道不窮編簡

詩名千古杜陵翁身不勝窮道不窮編簡

湛酣君有味江山彈壓我無功稱涼庭院

湛酣君有味江山彈壓我無功稱涼庭院

湛酣君有味江山彈壓我無功稱涼庭院

梧桐雨晚照陂塘蓼荻風如此秋光欠料
梧桐雨晚照陂塘蓼荻風如此秋光欠料
梧桐雨晚照陂塘蓼荻風如此秋光欠料
梧桐雨晚照陂塘蓼荻風如此秋光欠料
理故人緣底尚東蒙
理故人緣底尚東蒙
理故人緣底尚東蒙
大閱
大閱
大閱

擐甲邊城教即戎三軍錦繡曉光中影搖

擐甲邊城教即戎三軍錦繡曉光中影搖

擐甲邊城教即戎三軍錦繡曉光中影搖

澬水旌旗動聲震文山鼓角雄馬慣揮戈

澬水旌旗動聲震文山鼓角雄馬慣揮戈

澬水旌旗動聲震文山鼓角雄馬慣揮戈

翻塞雪鴈驚鳴鏑響天風十行忍負

翻塞雪鴈驚鳴鏑響天風十行忍負

翻塞雪鴈驚鳴鏑響天風十行忍負

君王意同向燕然勒雋功

君王意同向燕然勒雋功

君王意同向燕然勒雋功

次韻黃倅喜雨

次韻黃倅喜雨

次韻黃倅喜雨

喚起神龍澤楚鄉午天轉首失炎光恠生

喚起神龍澤楚鄉午天轉首失炎光恠生

喚起神龍澤楚鄉午天轉首失炎光恠生

未到秋深處早去有蕭蕭葉響廊
未到秋深處早去有蕭蕭葉響廊
未到秋深處早去有蕭蕭葉響廊

六亭為邵陽登覽之勝識其名於
六亭為邵陽登覽之勝識其名於
六亭為邵陽登覽之勝識其名於

千巖之詩稔矣迺今僅存其一方
千巖之詩稔矣迺今僅存其一方
千巖之詩稔矣迺今僅存其一方

欲次第尋訪㠯仍舊貫不謂簿領

欲次第尋訪㠯仍舊貫不謂簿領

欲次第尋訪㠯仍舊貫不謂簿領

得我心之所同然春容大篇率先

得我心之所同然春容大篇率先

得我心之所同然春容大篇率先

作倡而令君和章亦復繼至閲免

作倡而令君和章亦復繼至閲免

作倡而令君和章亦復繼至閲免

賡酢用肩吾人相與祈成之意

賡酢用肩吾人相與祈成之意

賡酢用肩吾人相與祈成之意

晨光泣露華秋聲亂風葉翛然步中庭詩

晨光泣露華秋聲亂風葉翛然步中庭詩

晨光泣露華秋聲亂風葉翛然步中庭詩

瘦單衣怯塵銷玉宇淨西爽浮雙睫圍繞

瘦單衣怯塵銷玉宇淨西爽浮雙睫圍繞

瘦單衣怯塵銷玉宇淨西爽浮雙睫圍繞

簿書叢頗覺汗欲浹吏散仍心清窻泛鑪
簿書叢頗覺汗欲浹吏散仍心清窻泛鑪
簿書叢頗覺汗欲浹吏散仍心清窻泛鑪
香浥生平耆幽討此意若爲愜滄浪楚名
香浥生平耆幽討此意若爲愜滄浪楚名
香浥生平耆幽討此意若爲愜滄浪楚名
郡江澄山嵬嶫流派瀟湘分氣脉衡廬接
郡江澄山嵬嶫流派瀟湘分氣脉衡廬接
郡江澄山嵬嶫流派瀟湘分氣脉衡廬接

四序春無邊萬象光有曄閣東范寬手天

四序春無邊萬象光有曄閣東范寬手天

四序春無邊萬象光有曄閣東范寬手天

開畫屏摺怡融田埜間夫耕而婦饁林雞

開畫屏摺怡融田埜間夫耕而婦饁林雞

開畫屏摺怡融田埜間夫耕而婦饁林雞

鳴喈沙禽慵跕跕千里趨農桑渠肯事

鳴喈喈沙禽慵跕跕千里趨農桑渠肯事

鳴喈喈沙禽慵跕跕千里趨農桑渠肯事

游俠不晚刈黄雲腰鐮忙刼刼年豐多暇

游俠不晚刈黄雲腰鐮忙刼刼年豐多暇

游俠不晚刈黄雲腰鐮忙刼刼年豐多暇

時陳迹旋搜獵六亭僅一存感慨思足躡

時陳迹旋搜獵六亭僅一存感慨思足躡

時陳迹旋搜獵六亭僅一存感慨思足躡

訪古亟臨眺樂此忘疲苶騰身一柱峯頫

訪古亟臨眺樂此忘疲苶騰身一柱峯頫

訪古亟臨眺樂此忘疲苶騰身一柱峯頫

首百雉堞懷哉千巖翁騷壇未易躐畫覽

首百雉堞懷哉千巖翁騷壇未易躐畫覽

首百雉堞懷哉千巖翁騷壇未易躐畫覽

五言城中宵勞夢蝶詞鋒摧泰華疇敢攖

五言城中宵勞夢蝶詞鋒摧泰華疇敢攖

五言城中宵勞夢蝶詞鋒摧泰華疇敢攖

其鋏有來二妙吟驪珠粲盈笈格律守蕭

其鋏有來二妙吟驪珠粲盈笈格律守蕭

其鋏有來二妙吟驪珠粲盈笈格律守蕭

規欲和可容輒荒園竚更新成趣期日涉

規欲和可容輒荒園竚更新成趣期日涉

規欲和可容輒荒園竚更新成趣期日涉

舊貫仍追還輪奐頓增燁繡谷酒一尊杏

舊貫仍追還輪奐頓增燁繡谷酒一尊杏

舊貫仍追還輪奐頓增燁繡谷酒一尊杏

岡琴三疊蒼雪清肺肝寒碧漱牙頰凌虛

岡琴三疊蒼雪清肺肝寒碧漱牙頰凌虛

岡琴三疊蒼雪清肺肝寒碧漱牙頰凌虛

及遐觀崇成賴謀叶廢興端有數鮮裳換

及遐觀崇成賴謀叶廢興端有數鮮裳換

及遐觀崇成賴謀叶廢興端有數鮮裳換

須捷公餘約遨嬉倘不負隨牒

須捷公餘約遨嬉倘不負隨牒

須捷公餘約遨嬉倘不負隨牒

僧窻

僧窻

僧窻

朝市踆踆走利名道人許樣不關情西窻

朝市踆踆走利名道人許樣不關情西窻

朝市踆踆走利名道人許樣不關情西窻

夢破梅花曉敲月數聲鍾磬清

夢破梅花曉敲月數聲鍾磬清

夢破梅花曉敲月數聲鍾磬清

賦鴈

賦鴈

賦鴈

雲慘胡天勘客程西風失喜到江城自傳

雲慘胡天勘客程西風失喜到江城自傳

雲慘胡天勘客程西風失喜到江城自傳

屬國書來後獵獵聲名動漢京

屬國書來後獵獵聲名動漢京

屬國書來後獵獵聲名動漢京

通守黃子說解印造朝之日江梅

通守黃子說解印造朝之日江梅

通守黃子說解印造朝之日江梅

輒花天其或者以相行色耶取風

輒花天其或者以相行色耶取風

輒花天其或者以相行色耶取風

人託物之義賦詩餞別致繾綣意

人託物之義賦詩餞別致繾綣意

人託物之義賦詩餞別致繾綣意

鵷⿱秋毛霜明欺曉色一笑巡欄梅摘索犯寒

鵷⿱秋毛霜明欺曉色一笑巡欄梅摘索犯寒

鵷⿱秋毛霜明欺曉色一笑巡欄梅摘索犯寒

小隊出郊坰攀折南枝餞行客此客端的
小隊出郊坰攀折南枝餞行客此客端的
小隊出郊坰攀折南枝餞行客此客端的

梅樣清秋水爲神月爲魄瑶葩粲日耿林
梅樣清秋水爲神月爲魄瑶葩粲日耿林
梅樣清秋水爲神月爲魄瑶葩粲日耿林

園玉樹凌空挺標格懸知僊種出閬嶠分
園玉樹凌空挺標格懸知僊種出閬嶠分
園玉樹凌空挺標格懸知僊種出閬嶠分

得幽姿来楚澤蘼蕪蘅芷遜孤芳萬緑千
得幽姿来楚澤蘼蕪蘅芷遜孤芳萬緑千
得幽姿来楚澤蘼蕪蘅芷遜孤芳萬緑千
紅俱避席共惟別駕東閣郎戰退膏粱凜
紅俱避席共惟別駕東閣郎戰退膏粱凜
紅俱避席共惟別駕東閣郎戰退膏粱凜
冰檗流傳好語到前村是誰不道君清白
冰檗流傳好語到前村是誰不道君清白
冰檗流傳好語到前村是誰不道君清白

手調金鼎升廟廊穩繼大門名烜赫遏來
手調金鼎升廟廊穩繼大門名烜赫遏來
手調金鼎升廟廊穩繼大門名烜赫遏來
手調金鼎升廟廊穩繼大門名烜赫遏來
淂此歲寒友氣味深長殊莫逆相期嚼蕊
淂此歲寒友氣味深長殊莫逆相期嚼蕊
淂此歲寒友氣味深長殊莫逆相期嚼蕊
吐瑰詞更擬浮香醉瓊液天飈吹觱朝玉
吐瑰詞更擬浮香醉瓊液天飈吹觱朝玉
吐瑰詞更擬浮香醉瓊液天飈吹觱朝玉

皇香案前頭顏咫尺回班爛熳賞西湖不

皇香案前頭顏咫尺回班爛熳賞西湖不

皇香案前頭顏咫尺回班爛熳賞西湖不

妨頻著孤山屐明朝風月半淒涼老我滄

妨頻著孤山屐明朝風月半淒涼老我滄

妨頻著孤山屐明朝風月半淒涼老我滄

浪尚萍迹滿城稚耋重相思江路攀轅累

浪尚萍迹滿城稚耋重相思江路攀轅累

浪尚萍迹滿城稚耋重相思江路攀轅累

千百歸驄蹋雪度關山有句先春寄來驛句揮毫手不停鴈

千百歸驄蹋雪度關山有句先春寄來驛句揮毫手不停鴈

千百歸驄蹋雪度關山有句先春寄來驛句揮毫手不停鴈

登鴈峯

登鴈峯

登鴈峯

句揮毫手不停鴈

句揮毫手不停鴈

句揮毫手不停鴈

旁觀偷筆法倉忙書破楚天青

旁觀偷筆法倉忙書破楚天青

旁觀偷筆法倉忙書破楚天青

溪橋

溪橋

溪橋

凍吟肩聳學劉乂癡坐山房井底蛙財過

凍吟肩聳學劉乂癡坐山房井底蛙財過

凍吟肩聳學劉乂癡坐山房井底蛙財過

溪橋風景別淡烟和月罩梅花
溪橋風景別淡烟和月罩梅花
溪橋風景別淡烟和月罩梅花

絶湖
絶湖
絶湖

一湖春淥萬山圍着我蘭舟自在飛老子
一湖春淥萬山圍着我蘭舟自在飛老子
一湖春淥萬山圍着我蘭舟自在飛老子

行藏有神助順風出去順風歸

行藏有神助順風出去順風歸

行藏有神助順風出去順風歸

讀楚騷

讀楚騷

讀楚騷

一蕊青鐙手自挑霜風木葉下亭皐篆香

一蕊青鐙手自挑霜風木葉下亭皐篆香

一蕊青鐙手自挑霜風木葉下亭皐篆香

銷盡寒灰塌細嚼梅花味楚騷

銷盡寒灰塌細嚼梅花味楚騷

銷盡寒灰塌細嚼梅花味楚騷

郡圃紅白蓮競放斐然短歌呈似

郡圃紅白蓮競放斐然短歌呈似

郡圃紅白蓮競放斐然短歌呈似

席間諸丈

席間諸丈

席間諸丈

東園水亭良佳哉紅白藕花前後開千機

東園水亭良佳哉紅白藕花前後開千機

東園水亭良佳哉紅白藕花前後開千機

織就雲錦段萬玉琢成風露杯南隣女兒

織就雲錦段萬玉琢成風露杯南隣女兒

織就雲錦段萬玉琢成風露杯南隣女兒

學濃抹強嫌傅粉無豔色北隣女兒學澹

學濃抹強嫌傅粉無豔色北隣女兒學澹

學濃抹強嫌傅粉無豔色北隣女兒學澹

糚剛道施朱涴天質紅皃雪皃俱絶奇安

糚剛道施朱涴天質紅皃雪皃俱絶奇安

糚剛道施朱涴天質紅皃雪皃俱絶奇安

用底苦相嘲嗤道人明眼付一笑緑尊嗅

用底苦相嘲嗤道人明眼付一笑緑尊嗅

用底苦相嘲嗤道人明眼付一笑緑尊嗅

客花前嬉

客花前嬉

客花前嬉

題湘西廖次高水南眞趣

題湘西廖次高水南眞趣

題湘西廖次高水南眞趣

買他磐石作比隣誰道風煙不屬君占斷

買他磐石作比隣誰道風煙不屬君占斷

買他磐石作比隣誰道風煙不屬君占斷

好山猶可在無端吞併一江雲

好山猶可在無端吞併一江雲

好山猶可在無端吞併一江雲

王令君惠示用少陵韻奉和

王令君惠示用少陵韻奉和

王令君惠示用少陵韻奉和

邵陵壁立三奇峯温泉雲山接長龍西北

邵陵壁立三奇峯温泉雲山接長龍西北

邵陵壁立三奇峯温泉雲山接長龍西北

谽谺幾崖谷煙霏深瑣文僊屋黃冠禱雨

谽谺幾崖谷煙霏深瑣文僊屋黃冠禱雨

谽谺幾崖谷煙霏深瑣文僊屋黃冠禱雨

躡瑤壇鏘然環珮松風寒阿香驅雷天地

躡瑤壇鏘然環珮松風寒阿香驅雷天地

躡瑤壇鏘然環珮松風寒阿香驅雷天地

轉靈虬激水瀟湘翻將迎鶴馭誰來往惻

轉靈虬激水瀟湘翻將迎鶴馭誰來往惻

轉靈虬激水瀟湘翻將迎鶴馭誰來往惻

惻勤民賢令長已欣一稔寬百憂更讀君

惻勤民賢令長已欣一稔寬百憂更讀君

惻勤民賢令長已欣一稔寬百憂更讀君

詩毛骨爽

詩毛骨爽

詩毛骨爽

題臨川晏子直百花林

題臨川晏子直百花林

題臨川晏子直百花林

溪園歌筦日紛紛錦繡香中扶醉人斗酒

溪園歌筦日紛紛錦繡香中扶醉人斗酒

溪園歌筦日紛紛錦繡香中扶醉人斗酒

不嫌呼李白倩渠品藻一林春

不嫌呼李白倩渠品藻一林春

不嫌呼李白倩渠品藻一林春

寄愷齋弟

寄愷齋弟

寄愷齋弟

鷗鷺逢人問歸信三年作客負滄洲詩袍

鷗鷺逢人問歸信三年作客負滄洲詩袍

鷗鷺逢人問歸信三年作客負滄洲詩袍

醉帽黃埃底著見扶風馬少游

醉帽黃埃底著見扶風馬少游

醉帽黃埃底著見扶風馬少游

繡衣行送趙道中寺丞

繡衣行送趙道中寺丞

繡衣行送趙道中寺丞

東門祖帳何駢闐繡衣使者發汝川星軺

東門祖帳何駢闐繡衣使者發汝川星軺

東門祖帳何駢闐繡衣使者發汝川星軺

未遠竹坡側風采已馳梅領邊瀿池帶刀
未遠竹坡側風采已馳梅領邊瀿池帶刀
未遠竹坡側風采已馳梅領邊瀿池帶刀
未遠竹坡側風采已馳梅領邊瀿池帶刀
吾赤子威信憑渠半幅紙寸兵尺鐵曾不
吾赤子威信憑渠半幅紙寸兵尺鐵曾不
吾赤子威信憑渠半幅紙寸兵尺鐵曾不
煩坐令悔悟安田里化頑一日歸吾仁此
煩坐令悔悟安田里化頑一日歸吾仁此
煩坐令悔悟安田里化頑一日歸吾仁此

特細事胡足云頻年慘慘楚氛惡旱潦呼

特細事胡足云頻年慘慘楚氛惡旱潦呼

特細事胡足云頻年慘慘楚氛惡旱潦呼

天天莫聞民須粒食餅無粟非公誰捄溝

天天莫聞民須粒食餅無粟非公誰捄溝

天天莫聞民須粒食餅無粟非公誰捄溝

壑辱傾囷倒廩不遐遺十一州人均穀腹

壑辱傾囷倒廩不遐遺十一州人均穀腹

壑辱傾囷倒廩不遐遺十一州人均穀腹

安得天下使者心公心盡變愁歎為謳吟

安得天下使者心公心盡變愁歎為謳吟

安得天下使者心公心盡變愁歎為謳吟

君不見鄉来使蜀韓忠獻起尫饑民七百

君不見鄉来使蜀韓忠獻起尫饑民七百

君不見鄉来使蜀韓忠獻起尫饑民七百

萬又不見傅公擁節京西時獄訟不苛傅

萬又不見傅公擁節京西時獄訟不苛傅

萬又不見傅公擁節京西時獄訟不苛傅

經典公今陰德能穹窋活人手段如兩翁

經典公今陰德能穹窋活人手段如兩翁

經典公今陰德能穹窋活人手段如兩翁

于嗟活人手段如兩翁名位它日將無同

于嗟活人手段如兩翁名位它日將無同

于嗟活人手段如兩翁名位它日將無同

賦桂隱用王從周鎬韻

賦桂隱用王從周鎬韻

賦桂隱用王從周鎬韻

詩禪在在談風月未抵江西龍象窟爾來

詩禪在在談風月未抵江西龍象窟爾來

詩禪在在談風月未抵江西龍象窟爾來

結習蓮社叢誰歟超出行輩中我知桂隱

結習蓮社叢誰歟超出行輩中我知桂隱

結習蓮社叢誰歟超出行輩中我知桂隱

傳衣處玄機參透涪仙句蕭蕭吟鬢天風

傳衣處玄機參透涪仙句蕭蕭吟鬢天風

傳衣處玄機參透涪仙句蕭蕭吟鬢天風

吹有酒喚客斟酌之渠伊放浪眞達者詩
吹有酒喚客斟酌之渠伊放浪眞達者詩
吹有酒喚客斟酌之渠伊放浪眞達者詩
吹有酒喚客斟酌之渠伊放浪眞達者詩
成醉臥清陰下只恐香名吹上天不容花
成醉臥清陰下只恐香名吹上天不容花
成醉臥清陰下只恐香名吹上天不容花
成醉臥清陰下只恐香名吹上天不容花
底長陶然
底長陶然
底長陶然
底長陶然

次韻陳慈明五絶句

次韻陳慈明五絶句

次韻陳慈明五絶句

幾年枉挂右丞圖未辦家山瓜芋區騎馬

幾年枉挂右丞圖未辦家山瓜芋區騎馬

幾年枉挂右丞圖未辦家山瓜芋區騎馬

紅塵歸計晚逢人囁囁話江湖

紅塵歸計晚逢人囁囁話江湖

紅塵歸計晚逢人囁囁話江湖

小春梅玉點煙村花信從今第一番緣底

小春梅玉點煙村花信從今第一番緣底

小春梅玉點煙村花信從今第一番緣底

吟窻印踈影梢梢偃月破黃昏

吟窻印踈影梢梢偃月破黃昏

吟窻印踈影梢梢偃月破黃昏

南湖經雨綠瀰漫徧照詩人兩眼寒一笑

南湖經雨綠瀰漫徧照詩人兩眼寒一笑

南湖經雨綠瀰漫徧照詩人兩眼寒一笑

鷗邊時獨速吟魂飛不到愁端

鷗邊時獨速吟魂飛不到愁端

鷗邊時獨速吟魂飛不到愁端

買淂湖陰數頃秋斬新窻戶俯清流了無

買淂湖陰數頃秋斬新窻戶俯清流了無

買淂湖陰數頃秋斬新窻戶俯清流了無

俗子溷人意況有青尊澆客愁

俗子溷人意況有青尊澆客愁

俗子溷人意況有青尊澆客愁

羡子尋詩盟未寒鼎來健句壓還還不妨

羡子尋詩盟未寒鼎來健句壓還還不妨

羡子尋詩盟未寒鼎來健句壓還還不妨

小緩丹霄步雨笠烟蓑伴我閑

小緩丹霄步雨笠烟蓑伴我閑

小緩丹霄步雨笠烟蓑伴我閑

次韻王令君禱雨用杜草堂韻

次韻王令君禱雨用杜草堂韻

次韻王令君禱雨用杜草堂韻

疲眊吾所矜可忍浚膏血每事既厥心其

疲眊吾所矜可忍浚膏血每事既厥心其

疲眊吾所矜可忍浚膏血每事既厥心其

敢憚煩屑旱魃偶挻烖慨念腸欲熱殘天

敢憚煩屑旱魃偶挻烖慨念腸欲熱殘天

敢憚煩屑旱魃偶挻烖慨念腸欲熱殘天

走羣望精神重澡雪一雨斗清涼炎歊隨

走羣望精神重澡雪一雨斗清涼炎歊隨

走羣望精神重澡雪一雨斗清涼炎歊隨

蕩滅多稼復如雲指日看秀結感通翻覆

蕩滅多稼復如雲指日看秀結感通翻覆

蕩滅多稼復如雲指日看秀結感通翻覆

手田里洗愁絕禱禜荷同寅肝膽無楚越

手田里洗愁絕禱禜荷同寅肝膽無楚越

手田里洗愁絕禱禜荷同寅肝膽無楚越

卲陽郡圃梅坡

卲陽郡圃梅坡

卲陽郡圃梅坡

粲玉梢頭出小亭忍寒索笑太清生楚山

粲玉梢頭出小亭忍寒索笑太清生楚山

粲玉梢頭出小亭忍寒索笑太清生楚山

活脫青屏樣影淂踈花分外明

活脫青屏樣影淂踈花分外明

活脫青屏樣影淂踈花分外明

和黃倅懷歸

和黃倅懷歸

和黃倅懷歸

鴈聲切切楚鄉來似喚秋光入酒杯好景

鴈聲切切楚鄉來似喚秋光入酒杯好景

鴈聲切切楚鄉來似喚秋光入酒杯好景

欠人同歷覽歸程爲我小遲回一天風月

欠人同歷覽歸程爲我小遲回一天風月

欠人同歷覽歸程爲我小遲回一天風月

詩囊富千里江山畫軸開紙恐黃華簪未

詩囊富千里江山畫軸開紙恐黃華簪未

詩囊富千里江山畫軸開紙恐黃華簪未

了日邊丹檢已相催

了日邊丹檢已相催

了日邊丹檢已相催

題蕭氏竹坡

題蕭氏竹坡

題蕭氏竹坡

鮮碧緣坡古徑深夜牕風雨作龍吟自從

鮮碧緣坡古徑深夜牕風雨作龍吟自從

鮮碧緣坡古徑深夜牕風雨作龍吟自從

八葉傳芳後數到孫枝玉滿林

八葉傳芳後數到孫枝玉滿林

八葉傳芳後數到孫枝玉滿林

讀千巖續稾

讀千巖續稾

讀千巖續稾

詩老毫端別有春巖前草木也精神錦囊

詩老毫端別有春巖前草木也精神錦囊

詩老毫端別有春巖前草木也精神錦囊

留得靈犀在辟盡人間俗子塵

留得靈犀在辟盡人間俗子塵

留得靈犀在辟盡人間俗子塵

丁丑歲中秋日劭農於城南得五

丁丑歲中秋日劭農於城南得五

丁丑歲中秋日劭農於城南得五

絶句

絶句

絶句

楚俗秋来也勸耕西風招我出郊坰此行
楚俗秋来也勸耕西風招我出郊坰此行
楚俗秋来也勸耕西風招我出郊坰此行
不負尋詩眼隊隊雲山擁畫屏
不負尋詩眼隊隊雲山擁畫屏
不負尋詩眼隊隊雲山擁畫屏
說似田家好著忙賸培宿麥接青黃定知
說似田家好著忙賸培宿麥接青黃定知
說似田家好著忙賸培宿麥接青黃定知

不落薰風後萬壟晴催鬻餅香

不落薰風後萬壟晴催鬻餅香

不落薰風後萬壟晴催鬻餅香

人事當先莫靠天蚤修陂堰貯清泉來年

人事當先莫靠天蚤修陂堰貯清泉來年

人事當先莫靠天蚤修陂堰貯清泉來年

未必晴明久萬一晴明漑得田

未必晴明久萬一晴明漑得田

未必晴明久萬一晴明漑得田

家家童穉笑迎門接得翁歸酒半醺鄰舍
家家童穉笑迎門接得翁歸酒半醺鄰舍
家家童穉笑迎門接得翁歸酒半醺鄰舍
相呼来屋裏聽翁解説勸農文
相呼来屋裏聽翁解説勸農文
相呼来屋裏聽翁解説勸農文
箯輿幸自到山南尚有清杯可共衘何似
箯輿幸自到山南尚有清杯可共衘何似
箯輿幸自到山南尚有清杯可共衘何似

更行三二里大家相伴看雲岀

更行三二里大家相伴看雲岀

更行三二里大家相伴看雲岀

送武岡法曹江叔文

送武岡法曹江叔文

送武岡法曹江叔文

赬烏噴曉金溶溶入簷漲帽梅花風寒香

赬烏噴曉金溶溶入簷漲帽梅花風寒香

赬烏噴曉金溶溶入簷漲帽梅花風寒香

喚我度籬落蹋破蘚碧巡芳叢彌襟清興

喚我度籬落蹋破蘚碧巡芳叢彌襟清興

喚我度籬落蹋破蘚碧巡芳叢彌襟清興

不可柰甕雲渴想佳人同長須急走喘且

不可柰甕雲渴想佳人同長須急走喘且

不可奈甕雲渴想佳人同長須急走喘且

汗曰有重客過匆匆撐犂頗亦眷岑絕蹬

汗曰有重客過匆匆撐犂頗亦眷岑絕蹬

汗曰有重客過匆匆撐犂頗亦眷岑絕蹬

音滿尉逖虛空出門一粲輒傾蓋巖電爛

音滿尉逖虛空出門一粲輒傾蓋巖電爛

音滿尉逖虛空出門一粲輒傾蓋巖電爛

爛鶩王戎長牋衜袖照屋壁明珠大貝来

爛鶩王戎長牋衜袖照屋壁明珠大貝来

爛鶩王戎長牋衜袖照屋壁明珠大貝来

龍宮建安昔者富竒士迄今代有文章公

龍宮建安昔者富竒士迄今代有文章公

龍宮建安昔者富竒士迄今代有文章公

兒童慣見此客否氣象盡求古人中翻思

兒童慣見此客否氣象盡求古人中翻思

兒童慣見此客否氣象盡求古人中翻思

槐市出覷異一官何幸俱湘東夜闌秉燭

槐市出覷異一官何幸俱湘東夜闌秉燭

槐市出覷異一官何幸俱湘東夜闌秉燭

浮大白款接軟語春怡融公車薦墨行蜚

浮大白款接軟語春怡融公車薦墨行蜚

浮大白款接軟語春怡融公車薦墨行蜚

動騰身穩去陪鴛鴻得時要不負所學鼎
動騰身穩去陪鴛鴻得時要不負所學鼎
動騰身穩去陪鴛鴻得時要不負所學鼎
動騰身穩去陪鴛鴻得時要不負所學鼎
鼎事業摩蒼穹平生琢句肯浪與持此餞
鼎事業摩蒼穹平生琢句肯浪與持此餞
鼎事業摩蒼穹平生琢句肯浪與持此餞
鼎事業摩蒼穹平生琢句肯浪與持此餞
別今文通
別今文通
別今文通

靜吟

靜吟

靜吟

居官役役簿書閒及到家山困往還若欲

居官役役簿書閒及到家山困往還若欲

居官役役簿書閒及到家山困往還若欲

靜吟無俗累筭來却是客中閑

靜吟無俗累筭來却是客中閑

靜吟無俗累筭來却是客中閑

小軒窠石

小軒窠石

小軒窠石

窓傍軒窻開小池巧安窠石俯清漪道人

窓傍軒窻開小池巧安窠石俯清漪道人

窓傍軒窻開小池巧安窠石俯清漪道人

不愛閑花草秖種缾蕉和水梔

不愛閑花草秖種缾蕉和水梔

不愛閑花草秖種缾蕉和水梔

不愛閑花草秖種缾蕉和水梔

和邵陽張茂才青蓮花韻

和邵陽張茂才青蓮花韻

和邵陽張茂才青蓮花韻

清標別是一家春風帽飄飄翠染勻貪向

清標別是一家春風帽飄飄翠染勻貪向

清標別是一家春風帽飄飄翠染勻貪向

波閒弄明月謫僊居士 前身

波閒弄明月謫僊居士 前身

波閒弄明月謫僊居士 前身

昨夜羣僊宴十洲再三招我伴清游酒酣

昨夜羣僊宴十洲再三招我伴清游酒酣

昨夜羣僊宴十洲再三招我伴清游酒酣

忽跨長鯨去碧玉杯盤散不收

忽跨長鯨去碧玉杯盤散不收

忽跨長鯨去碧玉杯盤散不收

贈蘇道士

贈蘇道士

贈蘇道士

一卷麻衣易洗心絃琴山水是知音有時

一卷麻衣易洗心絃琴山水是知音有時

一卷麻衣易洗心絃琴山水是知音有時

槃礴晴窻下隨手雲煙噴曉林

槃礴晴窻下隨手雲煙噴曉林

槃礴晴窻下隨手雲煙噴曉林

雨中覔句

雨中覔句

雨中覔句

春鉏似厭覔詩材飛向溪心喚不回賴有

春鉏似厭覔詩材飛向溪心喚不回賴有

春鉏似厭覔詩材飛向溪心喚不回賴有

漁翁相尉薦雨中撐得一篇來

漁翁相尉薦雨中撐得一篇來

漁翁相尉薦雨中撐得一篇來

過梅塢

過梅塢

過梅塢

此老曾襟玉雪清逃禪畫裏著茆亭箇般
此老曾襟玉雪清逃禪畫裏著茆亭箇般
此老曾襟玉雪清逃禪畫裏著茆亭箇般

雅淡須吾輩俗子何曾有半星
雅淡須吾輩俗子何曾有半星
雅淡須吾輩俗子何曾有半星

題它山善政侯廟
題它山善政侯廟
題它山善政侯廟

粲曉輕舠掠水飛趂閑來款長官祠雲巒

粲曉輕舠掠水飛趂閑來款長官祠雲巒

粲曉輕舠掠水飛趂閑來款長官祠雲巒

著色四時畫石瀨有轂千古詩華黍幾沾

著色四時畫石瀨有轂千古詩華黍幾沾

著色四時畫石瀨有轂千古詩華黍幾沾

膏澤潤甘棠長趂後人思渠伊不盡爲霖

膏澤潤甘棠長趂後人思渠伊不盡爲霖

膏澤潤甘棠長趂後人思渠伊不盡爲霖

意除却梅龍誰得知
竹所夜思
保社荒寒欠主盟此君却解以詩鳴風㥘

意除却梅龍誰得知
竹所夜思
保社荒寒欠主盟此君却解以詩鳴風㥘

竹所夜思

竹所夜思

意除却梅龍誰得知
竹所夜思
保社荒寒欠主盟此君却解以詩鳴風㥘

意除却梅龍誰得知
竹所夜思
保社荒寒欠主盟此君却解以詩鳴風㥘

滿耳吟秋句比似儂詩渠更清

滿耳吟秋句比似儂詩渠更清

滿耳吟秋句比似儂詩渠更清

再次王宰瞿簿喜雨聯句韻

再次王宰瞿簿喜雨聯句韻

再次王宰瞿簿喜雨聯句韻

旱魃重爲妖點雨如點血一念神所矜蜚

旱魃重爲妖點雨如點血一念神所矜蜚

旱魃重爲妖點雨如點血一念神所矜蜚

廉變騷屑靈螭卷天河千里洗祥熱二妙
廉變騷屑靈螭卷天河千里洗祥熱二妙
廉變騷屑靈螭卷天河千里洗祥熱二妙
喜欲顛飲豪賡白雪雲煙落溪藤傳玩幾
喜欲顛飲豪賡白雪雲煙落溪藤傳玩幾
喜欲顛飲豪賡白雪雲煙落溪藤傳玩幾
漫滅韓孟不可作吟社誰與結賴有飛鳧
漫滅韓孟不可作吟社誰與結賴有飛鳧
漫滅韓孟不可作吟社誰與結賴有飛鳧

僊鑾棲等超絶娛我清廟音熏雝聽疏越

僊鑾棲等超絶娛我清廟音熏雝聽疏越

僊鑾棲等超絶娛我清廟音熏雝聽疏越

妙峯亭晚望

妙峯亭晚望

妙峯亭晚望

峭峯頂上著危亭四面山開雲錦屏穠淡

峭峯頂上著危亭四面山開雲錦屏穠淡

峭峯頂上著危亭四面山開雲錦屏穠淡

淺深多變態天公浪費幾丹青

淺深多變態天公浪費幾丹青

淺深多變態天公浪費幾丹青

次韻黃貳車三絕句

次韻黃貳車三絕句

次韻黃貳車三絕句

菩提坊裏著詩豪佳木繁陰暑易迯不用

菩提坊裏著詩豪佳木繁陰暑易迯不用

菩提坊裏著詩豪佳木繁陰暑易迯不用

移文勒回駕箇中境界儘清高
對北山

移文勒回駕箇中境界儘清高
對北山

移文勒回駕箇中境界儘清高
對北山

我本無心山上山隨風聊復過滄灣等閑

我本無心山上山隨風聊復過滄灣等閑

我本無心山上山隨風聊復過滄灣等閑

償了為霖願却斂神功紫翠間
雲

償了為霖願却斂神功紫翠間
雲

償了為霖願却斂神功紫翠間
雲

了却文書可是癡幅巾行散任風吹揮毫

了却文書可是癡幅巾行散任風吹揮毫

了却文書可是癡幅巾行散任風吹揮毫

颯颯詩驚雨灑面蕭蕭雨送詩 喜雨

颯颯詩驚雨灑面蕭蕭雨送詩 喜雨

颯颯詩驚雨灑面蕭蕭雨送詩 喜雨

賦棲眞觀月季

賦棲眞觀月季

賦棲眞觀月季

荼薌從史訪棲眞闖戶蔫紅絕可人不逐

荼薌從史訪棲眞闖戶蔫紅絕可人不逐

荼薌從史訪棲眞闖戶蔫紅絕可人不逐

羣芳更代謝一生享用四時春

羣芳更代謝一生享用四時春

羣芳更代謝一生享用四時春

六亭

六亭

六亭

我不能如叔子登峴首名配此山垂不朽

我不能如叔子登峴首名配此山垂不朽

我不能如叔子登峴首名配此山垂不朽

又不能如少陵登吹臺酒酣懷古胷崔嵬

又不能如少陵登吹臺酒酣懷古胷崔嵬

又不能如少陵登吹臺酒酣懷古胷崔嵬

但見穹崖翠阜清絶處愛此出奇不盡之

但見穹崖翠阜清絶處愛此出奇不盡之

但見穹崖翠阜清絶處愛此出奇不盡之

詩材邵陽城中景何好峻屏四面森圍繞

詩材邵陽城中景何好峻屏四面森圍繞

詩材邵陽城中景何好峻屏四面森圍繞

西南諸峯尤蔚然地接衡廬青未了天將

西南諸峯尤蔚然地接衡廬青未了天將

西南諸峯尤蔚然地接衡廬青未了天將

圖畫開湘堧雲木羅立呈鮮妍上有蟬聯

圖畫開湘堧雲木羅立呈鮮妍上有蟬聯

圖畫開湘堧雲木羅立呈鮮妍上有蟬聯

百雉之粉堞下有鱗差萬瓦之晴烟人指

百雉之粉堞下有鱗差萬瓦之晴烟人指

百雉之粉堞下有鱗差萬瓦之晴烟人指

山形似龍躍繡谷崢嶸露頭角遐覿捧出

山形似龍躍繡谷崢嶸露頭角遐覿捧出

山形似龍躍繡谷崢嶸露頭角遐覿捧出

頷底珠背負凌虛勢騰踔一爪突起扶杏

頷底珠背負凌虛勢騰踔一爪突起扶杏

頷底珠背負凌虛勢騰踔一爪突起扶杏

罔一爪盤踞蒼雪傍翅尾蜿蜒卷寒碧便

罔一爪盤踞蒼雪傍翅尾蜿蜒卷寒碧便

罔一爪盤踞蒼雪傍翅尾蜿蜒卷寒碧便

擬爲霖蘇八荒老我躋攀興不淺醉吟拍

擬爲霖蘇八荒老我躋攀興不淺醉吟拍

擬爲霖蘇八荒老我躋攀興不淺醉吟拍

拍詩瓢滿秖言此樂與人同誰子看山能

拍詩瓢滿秖言此樂與人同誰子看山能

拍詩瓢滿秖言此樂與人同誰子看山能

具眼

具眼

具眼

詩禪

詩禪

詩禪

詩家活法類禪機悟處工夫誰得知尋着

詩家活法類禪機悟處工夫誰得知尋着

詩家活法類禪機悟處工夫誰得知尋着

這些關捘子國風雅頌不難追

這些關捘子國風雅頌不難追

這些關捘子國風雅頌不難追

吟天

吟天

吟天

流水孤村三兩家夕陽牛背載寒鴉扶笻

流水孤村三兩家夕陽牛背載寒鴉扶笻

流水孤村三兩家夕陽牛背載寒鴉扶笻

笑入梅花去箇樣吟天嘉不嘉

笑入梅花去箇樣吟天嘉不嘉

笑入梅花去箇樣吟天嘉不嘉

東林雲上人見過

東林雲上人見過

東林雲上人見過

瘦藤十載別康廬五老山中安穏無霜後

瘦藤十載別康廬五老山中安穏無霜後

瘦藤十載別康廬五老山中安穏無霜後

詩禪来訪我爲言面目帶清臞

詩禪来訪我爲言面目帶清臞

詩禪来訪我爲言面目帶清臞

西風

西風

西風

幹了巖犀奔拒霜又催茱菊趂重陽白蘋

幹了巖犀奔拒霜又催茱菊趂重陽白蘋

幹了巖犀奔拒霜又催茱菊趂重陽白蘋

紅蓼倉黃染冷笑西風有底忙
紅蓼倉黃染冷笑西風有底忙
紅蓼倉黃染冷笑西風有底忙

木犀
木犀
木犀

一段長長家寔秋著鞭芙菊尚包羞擾先
一段長長家寔秋著鞭芙菊尚包羞擾先
一段長長家寔秋著鞭芙菊尚包羞擾先
一段長長家寔秋著鞭芙菊尚包羞擾先

飽綻黃金粟不落西風第二籌

飽綻黃金粟不落西風第二籌

飽綻黃金粟不落西風第二籌

壽藤伴我倚秋風老去無詩意轉慵只是

壽藤伴我倚秋風老去無詩意轉慵只是

壽藤伴我倚秋風老去無詩意轉慵只是

看花非覔句清香錯認惱沖龍

看花非覔句清香錯認惱沖龍

看花非覔句清香錯認惱沖龍

觀畫

觀畫

觀畫

江山梅竹好精神漁父畦丁也逼眞終是

江山梅竹好精神漁父畦丁也逼眞終是

江山梅竹好精神漁父畦丁也逼眞終是

有此堪恨處畫中更欠著詩人

有此堪恨處畫中更欠著詩人

有此堪恨處畫中更欠著詩人

次鄔文伯城南夜歸韻

次鄔文伯城南夜歸韻

次鄔文伯城南夜歸韻

孤嶼清江落木天十分詩思滿歸船巖犀

孤嶼清江落木天十分詩思滿歸船巖犀

孤嶼清江落木天十分詩思滿歸船巖犀

稇載香浮鼻一味書牕惱夜眠

稇載香浮鼻一味書牕惱夜眠

稇載香浮鼻一味書牕惱夜眠

送陳法曹文卿兼柬松窗

送陳法曹文卿兼柬松窗

送陳法曹文卿兼柬松窗

幸無風雨窘重陽且喚龍丘倒菊觴糜樣

幸無風雨窘重陽且喚龍丘倒菊觴糜樣

幸無風雨窘重陽且喚龍丘倒菊觴糜樣

交情愁隔闊酒般歸興笑犇忙郎君足下

交情愁隔闊酒般歸興笑犇忙郎君足下

交情愁隔闊酒般歸興笑犇忙郎君足下

雲霄近阿母堂前日月長若見南閩舊同
雲霄近阿母堂前日月長若見南閩舊同
雲霄近阿母堂前日月長若見南閩舊同
社爲言詩鬢已蒼浪
社爲言詩鬢已蒼浪
社爲言詩鬢已蒼浪
偶述
偶述
偶述

農忻膏澤了春耕客免深泥阻去程日裏
農忻膏澤了春耕客免深泥阻去程日裏
農忻膏澤了春耕客免深泥阻去程日裏

放晴終夜雨天公兩下做人情
放晴終夜雨天公兩下做人情
放晴終夜雨天公兩下做人情

送蘇道士
送蘇道士
送蘇道士

七十臞僊鬢未秋肯來爲我說真休歸歟

七十臞僊鬢未秋肯來爲我說真休歸歟

七十臞僊鬢未秋肯來爲我說真休歸歟

恐負青山約跨鶴吹笙挽不留

恐負青山約跨鶴吹笙挽不留

恐負青山約跨鶴吹笙挽不留

懷歸

懷歸

懷歸

倚閣南湖一釣舟西風將夢到鄉州蛙蠅

倚閣南湖一釣舟西風將夢到鄉州蛙蠅

倚閣南湖一釣舟西風將夢到鄉州蛙蠅

名利苦多事薄有田園歸去休

名利苦多事薄有田園歸去休

名利苦多事薄有田園歸去休

訪孤山

訪孤山

訪孤山

曾把梅詩細品題逋僊去後可容追君看

曾把梅詩細品題逋僊去後可容追君看

曾把梅詩細品題逋僊去後可容追君看

踈影暗香句二百年來無此詩

踈影暗香句二百年來無此詩

踈影暗香句二百年來無此詩

霜柳

霜柳

霜柳

十分冬暖學春華嬝嬝垂楊映日斜一色

十分冬暖學春華嬝嬝垂楊映日斜一色

十分冬暖學春華嬝嬝垂楊映日斜一色

淡黃霜染就看来秖欠帶棲鴉

淡黃霜染就看来秖欠帶棲鴉

淡黃霜染就看来秖欠帶棲鴉

燈夕

燈夕

燈夕

東風刼刼趂芳辰調柳唆梅著處新翠莞
東風刼刼趂芳辰調柳唆梅著處新翠莞
東風刼刼趂芳辰調柳唆梅著處新翠莞
聲中千里月銀花影裏萬家春樓臺拚飲
聲中千里月銀花影裏萬家春樓臺拚飲
聲中千里月銀花影裏萬家春樓臺拚飲
夜不夜羅綺飄香人看人抖擻吟懷歌樂
夜不夜羅綺飄香人看人抖擻吟懷歌樂
夜不夜羅綺飄香人看人抖擻吟懷歌樂

歲江山分外長精神

歲江山分外長精神

歲江山分外長精神

老境

老境

老境

老境尋詩一字無錦囊枵腹怨奚奴多君

老境尋詩一字無錦囊枵腹怨奚奴多君

老境尋詩一字無錦囊枵腹怨奚奴多君

俎豆庚桑子不省今吾非故吾

俎豆庚桑子不省今吾非故吾

俎豆庚桑子不省今吾非故吾

再入湖南境

再入湖南境

再入湖南境

我本人間有髮僧只堪林下續傳燈君

我本人間有髮僧只堪林下續傳燈君

我本人間有髮僧只堪林下續傳燈君

恩強遣司民社千里江山笑不能

恩強遣司民社千里江山笑不能

恩強遣司民社千里江山笑不能

暑夕汎月次王令君韻

暑夕汎月次王令君韻

暑夕汎月次王令君韻

趂涼延客早待月放船遲河朔一尊酒湘

趂涼延客早待月放船遲河朔一尊酒湘

趂涼延客早待月放船遲河朔一尊酒湘

干六月時鷺喉翻白紵兎潁掃烏絲羨殺

干六月時鷺喉翻白紵兎潁掃烏絲羨殺

干六月時鷺喉翻白紵兎潁掃烏絲羨殺

王明府長城五字詩

王明府長城五字詩

王明府長城五字詩

吟社有如此終當讓一頭功名吾已晚富

吟社有如此終當讓一頭功名吾已晚富

吟社有如此終當讓一頭功名吾已晚富

貴子何愁努力看書最偷閑且拍浮清游

貴子何愁努力看書最偷閑且拍浮清游

貴子何愁努力看書最偷閑且拍浮清游

未可負只尺荻花秋

未可負只尺荻花秋

未可負只尺荻花秋

無詩

無詩

無詩

合向青林岸幅巾却來閙裏著吟身竹君
合向青林岸幅巾却來閙裏著吟身竹君
合向青林岸幅巾却來閙裏著吟身竹君
合向青林岸幅巾却來閙裏著吟身竹君
門外私相語兩日無詩羞殺人
門外私相語兩日無詩羞殺人
門外私相語兩日無詩羞殺人
周晦叔所宅之左一坡隱然而高
周晦叔所宅之左一坡隱然而高
周晦叔所宅之左一坡隱然而高

有竹萬箇架小軒於翠霧蒼雪間

有竹萬箇架小軒於翠霧蒼雪間

有竹萬箇架小軒於翠霧蒼雪間

日彈琴讀書其下軒外鳴泉清駛

日彈琴讀書其下軒外鳴泉清駛

日彈琴讀書其下軒外鳴泉清駛

若與弦誦之聲相答愛其境勝爲

若與弦誦之聲相答愛其境勝爲

若與弦誦之聲相答愛其境勝爲

賦一絕

賦一絕

賦一絕

竹根碧澗落寒聲竹外雙溪抵鏡明滿袖

竹根碧澗落寒聲竹外雙溪抵鏡明滿袖

竹根碧澗落寒聲竹外雙溪抵鏡明滿袖

天風吟不徹坡頭直有許多清

天風吟不徹坡頭直有許多清

天風吟不徹坡頭直有許多清

浮驂

浮驂

浮驂

天淨風平水不痕浮驂帶雪鬟籬根欺寒

天淨風平水不痕浮驂帶雪鬟籬根欺寒

天淨風平水不痕浮驂帶雪鬟籬根欺寒

酒興崢嶸甚又訪梅花過別村

酒興崢嶸甚又訪梅花過別村

酒興崢嶸甚又訪梅花過別村

書蘇道士江行圖後

書蘇道士江行圖後

書蘇道士江行圖後

叟也胷中天地寬雲烟袞袞出毫端如何

叟也胷中天地寬雲烟袞袞出毫端如何

叟也胷中天地寬雲烟袞袞出毫端如何

萬里經行處不費晴窗半日看

萬里經行處不費晴窗半日看

萬里經行處不費晴窗半日看

詩酒漂零自在身吴檣楚柂往來頻拂開
詩酒漂零自在身吴檣楚柂往來頻拂開
詩酒漂零自在身吴檣楚柂往來頻拂開
數匹臨川紙一一江山是故人
數匹臨川紙一一江山是故人
數匹臨川紙一一江山是故人
飄然雲鶴老江湖匠出煙波絕世無一見
飄然雲鶴老江湖匠出煙波絕世無一見
飄然雲鶴老江湖匠出煙波絕世無一見

昏眸爲渠豁半生空挂輞川圖

昏眸爲渠豁半生空挂輞川圖

昏眸爲渠豁半生空挂輞川圖

有惠廬山圖者

有惠廬山圖者

有惠廬山圖者

生平巖岫飽躋攀忽得雲巒挂壁閒不怕

生平巖岫飽躋攀忽得雲巒挂壁閒不怕

生平巖岫飽躋攀忽得雲巒挂壁閒不怕

老來無脚力閉門端坐看廬山

老來無脚力閉門端坐看廬山

老來無脚力閉門端坐看廬山

香澗老衲示似玉林首倡極道竹

香澗老衲示似玉林首倡極道竹

香澗老衲示似玉林首倡極道竹

溪宴月之樂玉林勉以屬和

溪宴月之樂玉林勉以屬和

溪宴月之樂玉林勉以屬和

長松翠竹拱晴波不飲其如月色何珎重

長松翠竹拱晴波不飲其如月色何珎重

長松翠竹拱晴波不飲其如月色何珎重

阿連能好事高軒携酒夜深過

阿連能好事高軒携酒夜深過

阿連能好事高軒携酒夜深過

孤令青蓮欠所親月邊和影是三人何如

孤令青蓮欠所親月邊和影是三人何如

孤令青蓮欠所親月邊和影是三人何如

洗醆溪光裏弟勸兄醻汎玉輪

洗醆溪光裏弟勸兄醻汎玉輪

洗醆溪光裏弟勸兄醻汎玉輪

琮上人以詩惠茶筍

琮上人以詩惠茶筍

琮上人以詩惠茶筍

解道碧雲句三生湯惠休試春輟鷹爪斸

解道碧雲句三生湯惠休試春輟鷹爪斸

解道碧雲句三生湯惠休試春輟鷹爪斸

雨餉猫頭夢境可容到饞涎那復流舌端

雨餉猫頭夢境可容到饞涎那復流舌端

雨餉猫頭夢境可容到饞涎那復流舌端

吾薦取倘不負珍投

吾薦取倘不負珍投

吾薦取倘不負珍投

又次韻楊梅三絶句

又次韻楊梅三絶句

又次韻楊梅三絶句

財到南村六月時絫絫紅紫玉低垂筠籠

財到南村六月時絫絫紅紫玉低垂筠籠

財到南村六月時絫絫紅紫玉低垂筠籠

送似露猶濕更費支郎七字詩

送似露猶濕更費支郎七字詩

送似露猶濕更費支郎七字詩

桃李漫山等俗流諸楊汝是荔支儔當時

桃李漫山等俗流諸楊汝是荔支儔當時

桃李漫山等俗流諸楊汝是荔支儔當時

若貢長生殿又得眞妃笑點頭

若貢長生殿又得眞妃笑點頭

若貢長生殿又得眞妃笑點頭

釀蜜搓成絳雪團莫嫌風味欠儒酸此詩

釀蜜搓成絳雪團莫嫌風味欠儒酸此詩

釀蜜搓成絳雪團莫嫌風味欠儒酸此詩

此果君知麼一樣驪珠粲玉盤

此果君知麼一樣驪珠粲玉盤

此果君知麼一樣驪珠粲玉盤

和翟主簿

和翟主簿

和翟主簿

太史騷壇峙豫章詩豪角立壯顏行遺風

太史騷壇峙豫章詩豪角立壯顏行遺風

太史騷壇峙豫章詩豪角立壯顏行遺風

凜凜清人骨飛露娟娟灑我裳五字頤慚

凜凜清人骨飛露娟娟灑我裳五字頤慚

凜凜清人骨飛露娟娟灑我裳五字頤慚

非應物一燈今幸屬仇香玉堂蚕晚須椽

非應物一燈今幸屬仇香玉堂蚕晚須椽

非應物一燈今幸屬仇香玉堂蚕晚須椽

筆快寫平生錦繡腸

筆快寫平生錦繡腸

筆快寫平生錦繡腸

催花

催花

催花

梅怨霜欺春未知商量著蕊尚遲疑戲將

梅怨霜欺春未知商量著蕊尚遲疑戲將

梅怨霜欺春未知商量著蕊尚遲疑戲將

詩句催花看催得花開轉費詩

詩句催花看催得花開轉費詩

詩句催花看催得花開轉費詩

看李成畫

看李成畫

看李成畫

巖壑蟠胷秦太虛輞川一見病全甦可愁

巖壑蟠胷秦太虛輞川一見病全甦可愁

巖壑蟠胷秦太虛輞川一見病全甦可愁

地僻無醫藥繞屋營丘山水圖

地僻無醫藥繞屋營丘山水圖

地僻無醫藥繞屋營丘山水圖

木犀重開

木犀重開

木犀重開

不見巖犀整一秋厭厭對我訴清愁公遴

不見巖犀整一秋厭厭對我訴清愁公遴

不見巖犀整一秋厭厭對我訴清愁公遴

餘瀝何曾見兩度開花只暗投

餘瀝何曾見兩度開花只暗投

餘瀝何曾見兩度開花只暗投

曉發嚴瀨舟中和戴叔振韻

曉發嚴瀨舟中和戴叔振韻

曉發嚴瀨舟中和戴叔振韻

子陵灘下放船開老我經行知幾回別岸

子陵灘下放船開老我經行知幾回別岸

子陵灘下放船開老我經行知幾回別岸

春鉏殊解事衝煙冉冉送詩來

春鉏殊解事衝煙冉冉送詩來

春鉏殊解事衝煙冉冉送詩來

丫頭巖

丫頭巖

丫頭巖

山前露立幾時休老大垂髫羞不羞與汝

山前露立幾時休老大垂髫羞不羞與汝

山前露立幾時休老大垂髫羞不羞與汝

雲冠別梳洗免教人喚作讀曰做丫頭

雲冠別梳洗免教人喚作讀曰做丫頭

雲冠別梳洗免教人喚作讀曰做丫頭

題兩巖丫頭月巖

題兩巖丫頭月巖

題兩巖丫頭月巖

月殿雙鬟整鏡臺俄然拂下玉梳來失驚

月殿雙鬟整鏡臺俄然拂下玉梳來失驚

月殿雙鬟整鏡臺俄然拂下玉梳來失驚

怕觸姮娥怒走奔人間不敢回

怕觸姮娥怒走奔人間不敢回

怕觸姮娥怒走奔人間不敢回

新喻道上

新喻道上

新喻道上

翠分濃淡山開畫紅暈淺深花弄糚詩料

翠分濃淡山開畫紅暈淺深花弄糚詩料

翠分濃淡山開畫紅暈淺深花弄糚詩料

自來尋老子句成渾不費思量

自來尋老子句成渾不費思量

自來尋老子句成渾不費思量

和潘帳幹二首

和潘帳幹二首

和潘帳幹二首

洋洋雅頌幾遺篇刪後求詩類一偏直下

洋洋雅頌幾遺篇刪後求詩類一偏直下

洋洋雅頌幾遺篇刪後求詩類一偏直下

謝陶能出手就中李杜亦差肩多君句好

謝陶能出手就中李杜亦差肩多君句好

謝陶能出手就中李杜亦差肩多君句好

堪呈佛老我時來未得僊兩地河山費遽

堪呈佛老我時來未得僊兩地河山費遽

堪呈佛老我時來未得僊兩地河山費遽

栩唫窻何日勘塵編

栩唫窻何日勘塵編

栩唫窻何日勘塵編

鐵研磨穿志未伸也叨朝蹟也臨民九關

鐵研磨穿志未伸也叨朝蹟也臨民九關

鐵研磨穿志未伸也叨朝蹟也臨民九關

猶記鈞天夢一舸重尋湘水春自笑裝懷

猶記鈞天夢一舸重尋湘水春自笑裝懷

猶記鈞天夢一舸重尋湘水春自笑裝懷

多倥傯從知滿腹欠精神調高郢曲終難

多倥傯從知滿腹欠精神調高郢曲終難

多倥傯從知滿腹欠精神調高郢曲終難

和羞殺歛歌簫後塵

和羞殺歛歌簫後塵

和羞殺歛歌簫後塵

次韻觀音寺訪木犀已過

次韻觀音寺訪木犀已過

次韻觀音寺訪木犀已過

金粟如來翠葆中天香飄墮梵王宮西風

金粟如來翠葆中天香飄墮梵王宮西風

金粟如來翠葆中天香飄墮梵王宮西風

一帚無留跡印證浮生色是空

一帚無留跡印證浮生色是空

一帚無留跡印證浮生色是空

林園

林園

林園

情知天也眷詩人借與林園別様春竹影

情知天也眷詩人借與林園別様春竹影

情知天也眷詩人借與林園別様春竹影

因風多態度梅花淂月更精神

因風多態度梅花淂月更精神

因風多態度梅花淂月更精神

炊烟

炊烟

炊烟

絲絲古柳網羅鴉拍拍平田鼓吹尷不是

絲絲古柳網羅鴉拍拍平田鼓吹尷不是

絲絲古柳網羅鴉拍拍平田鼓吹尷不是

絲絲古柳網羅鴉拍拍平田鼓吹尷不是

青烟出林杪得知山崦有人家

青烟出林杪得知山崦有人家

青烟出林杪得知山崦有人家

鷺鷥林

鷺鷥林

鷺鷥林

驛路逢梅香滿襟携家又過鷺鷥林含風

驛路逢梅香滿襟携家又過鷺鷥林含風

驛路逢梅香滿襟携家又過鷺鷥林含風

野水琉璃軟沐雨春山翡翠深

野水琉璃軟沐雨春山翡翠深

野水琉璃軟沐雨春山翡翠深

閑居

閑居

閑居

山雲送我丹青幅花氣撩人蘭麝香詩債

山雲送我丹青幅花氣撩人蘭麝香詩債

山雲送我丹青幅花氣撩人蘭麝香詩債

幸然逢入務被渠催索又犇忙

幸然逢入務被渠催索又犇忙

幸然逢入務被渠催索又犇忙

嬾不作詩覺文房四友俱有愠色

嬾不作詩覺文房四友俱有愠色

嬾不作詩覺文房四友俱有愠色

謾賦

謾賦

謾賦

一毛不拔管城子冷眼相看石丈人急性

一毛不拔管城子冷眼相看石丈人急性

一毛不拔管城子冷眼相看石丈人急性

一毛不拔管城子冷眼相看石丈人急性

陳玄楮居士未分皁白也生嗔

陳玄楮居士未分皁白也生嗔

陳玄楮居士未分皁白也生嗔

過櫧洲行散

過櫧洲行散

過櫧洲行散

羊腸歸路若爲程財過櫧洲掌樣平客舍

羊腸歸路若爲程財過櫧洲掌樣平客舍

羊腸歸路若爲程財過櫧洲掌樣平客舍

籠煙炊早頓田家帶月喝春耕青林緑水

籠煙炊早頓田家帶月喝春耕青林緑水

籠煙炊早頓田家帶月喝春耕青林緑水

畫千尺白鷺鳥鳶棋一枰坐倦筍輿呼穉

畫千尺白鷺鳥鳶棋一枰坐倦筍輿呼穉

畫千尺白鷺鳥鳶棋一枰坐倦筍輿呼穉

子野花逕裏説詩行

子野花逕裏説詩行

子野花逕裏説詩行

贈臨汝曾醫士

贈臨汝曾醫士

贈臨汝曾醫士

有客譚醫驚四座指下玄微應識破藥市

有客譚醫驚四座指下玄微應識破藥市

有客譚醫驚四座指下玄微應識破藥市

棲遲三十年安知不是伯休那

棲遲三十年安知不是伯休那

棲遲三十年安知不是伯休那

孤山

孤山

孤山

孤山數幅古名畫著在暗香踈影邊不是

孤山數幅古名畫著在暗香踈影邊不是

孤山數幅古名畫著在暗香踈影邊不是

逋僊有梅癖梅花清韻似逋僊

逋僊有梅癖梅花清韻似逋僊

逋僊有梅癖梅花清韻似逋僊

春莫同社會飲張園小樓分韻得

春莫同社會飲張園小樓分韻得

春莫同社會飲張園小樓分韻得

飛字

飛字

飛字

殘紅委地水平池楊柳陰陰鶯亂飛山色

殘紅委地水平池楊柳陰陰鶯亂飛山色

殘紅委地水平池楊柳陰陰鶯亂飛山色

滿樓新雨後一簾風絮卷春歸

滿樓新雨後一簾風絮卷春歸

滿樓新雨後一簾風絮卷春歸

參政宣獻樓公挽歌辭

參政宣獻樓公挽歌辭

參政宣獻樓公挽歌辭

欲知天意屬英奇端為斯文待發揮挺

欲知天意屬英奇端為斯文待發揮挺

欲知天意屬英奇端為斯文待發揮挺

魏蓍祖風烈堂堂伏湛國光輝久參機政

魏蓍祖風烈堂堂伏湛國光輝久參機政

魏蓍祖風烈堂堂伏湛國光輝久參機政

儒臣貴未到公台物論違丹旐東風馬鞍

儒臣貴未到公台物論違丹旐東風馬鞍

儒臣貴未到公台物論違丹旐東風馬鞍

裊送車誰不淚襟衣

裊送車誰不淚襟衣

裊送車誰不淚襟衣

子公書問走輿臺公獨山林挽不回人道

子公書問走輿臺公獨山林挽不回人道

子公書問走輿臺公獨山林挽不回人道

旬瑜須徑去誰知李泌却重来傳芳謝砌

旬瑜須徑去誰知李泌却重来傳芳謝砌

旬瑜須徑去誰知李泌却重来傳芳謝砌

芝蘭粲在處膺門桃李開無媿可攻心事

芝蘭粲在處膺門桃李開無媿可攻心事

芝蘭粲在處膺門桃李開無媿可攻心事

好底教生死不榮哀

好底教生死不榮哀

好底教生死不榮哀

無邊膏馥丐儒林可但天台擲地金文不
無邊膏馥丐儒林可但天台擲地金文不
無邊膏馥丐儒林可但天台擲地金文不
琱鐫翻婉切詩如平淡實高深春風和氣
琱鐫翻婉切詩如平淡實高深春風和氣
琱鐫翻婉切詩如平淡實高深春風和氣
生毫末秋月華星爛古今所發由來闢所
生毫末秋月華星爛古今所發由來闢所
生毫末秋月華星爛古今所發由來闢所

養丹青難狀晉公心

養丹青難狀晉公心

養丹青難狀晉公心

耆英續續閟重泉好在靈光獨巋然入侍

耆英續續閟重泉好在靈光獨巋然入侍

耆英續續閟重泉好在靈光獨巋然入侍

已成鴻鵠羽退休俄值白雞年傷心藏笈

已成鴻鵠羽退休俄值白雞年傷心藏笈

已成鴻鵠羽退休俄值白雞年傷心藏笈

書無恙盟手開緘墨尚鮮刮目相期良不

書無恙盟手開緘墨尚鮮刮目相期良不

書無恙盟手開緘墨尚鮮刮目相期良不

薄可無斗酒奠橋玄

薄可無斗酒奠橋玄

薄可無斗酒奠橋玄

庵居

庵居

菴居

倒影晴溪蘸碧峯庵居活計儘從容嬾能

倒影晴溪蘸碧峯庵居活計儘從容嬾能

倒影晴溪蘸碧峯菴居活計儘從容嬾能

著眼看時事相約梅花住過冬

著眼看時事相約梅花住過冬

著眼看時事相約梅花住過冬

伊誰

伊誰

伊誰

伊誰闖我小牕闚偷却西樓一面山誶語

伊誰闖我小牕闚偷却西樓一面山誶語

伊誰闖我小牕闚偷却西樓一面山誶語

白雲猜是汝秋風出意急追還

白雲猜是汝秋風出意急追還

白雲猜是汝秋風出意急追還

和叔振曉上梅坡小亭

和叔振曉上梅坡小亭

和叔振曉上梅坡小亭

巡欄詩袖漲寒香日炙南枝泣曉霜淨洗

巡欄詩袖漲寒香日炙南枝泣曉霜淨洗

巡欄詩袖漲寒香日炙南枝泣曉霜淨洗

宮粧轉明潔恰如湯餅試何郎

宮粧轉明潔恰如湯餅試何郎

宮粧轉明潔恰如湯餅試何郎

六亭宴雪

六亭宴雪

六亭宴雪

雪天領客倚清狂戰退玄冥酒百缸柳絮
雪天領客倚清狂戰退玄冥酒百缸柳絮
雪天領客倚清狂戰退玄冥酒百缸柳絮
輥風粘凍壁梨花撒雨響寒牕瓊田隱隱
輥風粘凍壁梨花撒雨響寒牕瓊田隱隱
輥風粘凍壁梨花撒雨響寒牕瓊田隱隱
迷翅鷺玉砌狺狺走吠尨一稔明年寬萬
迷翅鷺玉砌狺狺走吠尨一稔明年寬萬
迷翅鷺玉砌狺狺走吠尨一稔明年寬萬

慮更催三白瑞濱江

慮更催三白瑞濱江

慮更催三白瑞濱江

喜閑

喜閑

喜閑

過眼光陰鬢樣多幾年客路歎犇波巳拋

過眼光陰鬢樣多幾年客路歎犇波巳拋

過眼光陰鬢樣多幾年客路歎犇波巳拋

過眼光陰鬢樣多幾年客路歎犇波巳拋

南楚雲千嶂旋買東湖雨一蓑好景賸將

南楚雲千嶂旋買東湖雨一蓑好景賸將

南楚雲千嶂旋買東湖雨一蓑好景賸將

詩料理閑愁全靠酒消磨如今世事都看

詩料理閑愁全靠酒消磨如今世事都看

詩料理閑愁全靠酒消磨如今世事都看

破冷笑侯王夢螘窠

破冷笑侯王夢螘窠

破冷笑侯王夢螘窠

紙帳

紙帳

紙帳

高臥羲皇萬慮空吟懷剥落杳無蹤恨渠

高臥羲皇萬慮空吟懷剥落杳無蹤恨渠

高臥羲皇萬慮空吟懷剥落杳無蹤恨渠

紙帳闌詩夢勾引梅卷攪一冬

紙帳闌詩夢勾引梅卷攪一冬

紙帳闌詩夢勾引梅卷攪一冬

十里

十里

十里樵風自一村草庵挨拶小林園霜嚴

十里樵風自一村草庵挨拶小林園霜嚴

十里樵風自一村草庵挨拶小林園霜嚴

十里樵風自一村草菴挨拶小林園霜嚴

古木正當路玉立晴峯新表門詩境銷磨

古木正當路玉立晴峯新表門詩境銷磨

古木正當路玉立晴峯新表門詩境銷磨

古木正當路玉立晴峯新表門詩境銷磨

閑日月醉鄉整頓別乾坤浮名浮利非吾

閑日月醉鄉整頓別乾坤浮名浮利非吾

閑日月醉鄉整頓別乾坤浮名浮利非吾

頹時把黃庭漱六根

頹時把黃庭漱六根

頹時把黃庭漱六根

再賦晏子直百花林

再賦晏子直百花林

再賦晏子直百花林

為報風流元獻家丁寧百卉駐春華儂歸
為報風流元獻家丁寧百卉駐春華儂歸
為報風流元獻家丁寧百卉駐春華儂歸
為報風流元獻家丁寧百卉駐春華儂歸
載酒溪園去一首詩吟一種花
載酒溪園去一首詩吟一種花
載酒溪園去一首詩吟一種花
溪流
溪流
溪流

誰障溪流貼岸邊若爲挽得上高田機篇

誰障溪流貼岸邊若爲挽得上高田機篇

誰障溪流貼岸邊若爲挽得上高田機篇

卷起傾橫梘豎梘盛來水接連

卷起傾橫梘豎梘盛來水接連

卷起傾橫梘豎梘盛來水接連

弔湘纍

弔湘纍

弔湘纍

莫訝靈均苦費詞騷章炳炳日星垂身雖

莫訝靈均苦費詞騷章炳炳日星垂身雖

莫訝靈均苦費詞騷章炳炳日星垂身雖

楚澤有遺恨名與湘流無盡期一笑底關

楚澤有遺恨名與湘流無盡期一笑底關

楚澤有遺恨名與湘流無盡期一笑底關

漁父事此心惟有洛陽知是非付與羣鷗

漁父事此心惟有洛陽知是非付與羣鷗

漁父事此心惟有洛陽知是非付與羣鷗

判不上先生弔古詩

判不上先生弔古詩

判不上先生弔古詩

夜窻書事

夜窻書事

夜窻書事

一燼銀鐙兩架書十年伴我夜窻虛不因

一燼銀鐙兩架書十年伴我夜窻虛不因

一燼銀鐙兩架書十年伴我夜窻虛不因

見性明心後定自人呼作蠹魚

見性明心後定自人呼作蠹魚

見性明心後定自人呼作蠹魚

送鄔文伯歸侍臨川二首

送鄔文伯歸侍臨川二首

送鄔文伯歸侍臨川二首

莫管東風歸路長但將綺句答春光候門

莫管東風歸路長但將綺句答春光候門

莫管東風歸路長但將綺句答春光候門

莫管東風歸路長但將綺句答春光候門

兒女應相訝滿袖離騷草木香

兒女應相訝滿袖離騷草木香

兒女應相訝滿袖離騷草木香

易學寥寥一綫然誰人口裏説先天近来

易學寥寥一綫然誰人口裏説先天近来

易學寥寥一綫然誰人口裏説先天近来

惟有朴齋老白首焚薌尚草玄

惟有朴齋老白首焚薌尚草玄

惟有朴齋老白首焚薌尚草玄

楚望

楚望

楚望

樓上詩聲繚屋梁樓前寒葉舞秋光明霞

樓上詩聲繚屋梁樓前寒葉舞秋光明霞

樓上詩聲繚屋梁樓前寒葉舞秋光明霞

點破莫江碧斷鴈叫羣鷺夕陽

點破莫江碧斷鴈叫羣鷺夕陽

點破莫江碧斷鴈叫羣鷺夕陽

邵陽界上同友人山行

邵陽界上同友人山行

邵陽界上同友人山行

杜宇聲中歷翠微澗泉決決瀉幽音與君

杜宇聲中歷翠微澗泉決決瀉幽音與君

杜宇聲中歷翠微澗泉決決瀉幽音與君

笑入白雲去柱杖前頭儘是詩

笑入白雲去柱杖前頭儘是詩

笑入白雲去柱杖前頭儘是詩

醴陵道上飲别故人被酒困坐竹

醴陵道上飲别故人被酒困坐竹

醴陵道上飲别故人被酒困坐竹

輿因賦

輿因賦

輿因賦

雞聲催起度江鄉病酒無憀客路長掩上

雞聲催起度江鄉病酒無憀客路長掩上

雞聲催起度江鄉病酒無憀客路長掩上

轎窻無隻句著何面目見春光

轎窻無隻句著何面目見春光

轎窻無隻句著何面目見春光

友林乙稾

友林乙稾

友林乙稾